全民微阅读系列

# 半个月亮爬上来

常 伟 著

江西高校出版社

### 图书在版编目(CIP)数据

半个月亮爬上来/常伟著. —南昌：江西高校出版社，2019.1（2024.9重印）
（全民微阅读系列）
ISBN 978-7-5493-7870-8

Ⅰ.①半… Ⅱ.①常… Ⅲ.①小小说—小说集—中国—当代 Ⅳ.①I247.82

中国版本图书馆 CIP 数据核字（2018）第 237106 号

| | |
|---|---|
| 出版发行 | 江西高校出版社 |
| 社　　址 | 江西省南昌市洪都北大道96号 |
| 总编室电话 | （0791）88504319 |
| 销售电话 | （0791）88522516 |
| 网　　址 | www.juacp.com |
| 印　　刷 | 北京一鑫印务有限责任公司 |
| 经　　销 | 全国新华书店 |
| 开　　本 | 700mm×1000mm 1/16 |
| 印　　张 | 14 |
| 字　　数 | 180千字 |
| 版　　次 | 2019年1月第1版<br>2024年9月第2次印刷 |
| 书　　号 | ISBN 978-7-5493-7870-8 |
| 定　　价 | 58.00元 |

赣版权登字-07-2018-1244
版权所有　侵权必究

图书若有印装问题，请随时向本社印制部（0791-88513257）退换

# 目录 / CONTENTS

残缺　　/001

荒　　/004

吧里歌声　　/007

流泪的白玉兰　　/010

半个月亮爬上来　　/012

成全　　/015

穿西装的土豆　　/017

春满人间　　/019

村主任是猎手　　/023

村主任的酒量　　/029

打劫　　/031

带血的红袖标　　/032

当关心领导成为一种时尚　　/035

倒霉的黑眼圈　　/037

到底谁疯了　　/042

等等　　/045

裂口　　/047

负重的母亲　　/049

干裂的馒头花　　/051

狗蛋　　/055

过客　　/057

回家　　/059

静静的小河　　/062

开窍　　/066

客户　　/069

进城　　/072

跟鸟儿一起过年　　/076

驴过的日子　　/079

面子　　/081

明天还有手术　　/085

母亲与打麦饭　　/088

难忘家乡月儿圆　　/091

娘，咱回家吧　　/093

表哥的春天　　/095

扑倒的红领巾　　/099

妻子的"情人表弟"　　/101

清水河上的猩红　　/104

屈死的狗　　/107

让有罪的灵魂安息　　/112

融化的小脚丫　　/115

撒谎　　/117

三维间谍　　/118

失诺　　/120

谁杀死了我的兄弟　　/123

孽根　　/127

顺溜　　/130

太阳旗下的罪恶　　/132

痛与苦　　/135

一只茶杯的爱情　　/136

我欠二爷一瓶酒　　/140

喜鹊喜鹊你叫啥　　/143

陷阱　　/145

娘的乡愁　　/148

小区里来了大公鸡　　/150

小山乡与大嗓门所长　　/153

笑　　/157

承诺　　/158

一角钱　　/160

赵大叔　　/162

最后的交代　　/166

到秋天里寻找美　　/168

愤怒的大眼睛　　/171

最后一枚柿子果　　/174

尴尬的幸福 /177

母亲的星期天 /179

腊八粥 /181

没有结果的奋斗 /184

隐患 /186

好好活着 /187

得功和他的陶罐儿 /189

鸡事 /192

我的老师"眼镜王" /195

学雷锋 /199

饮马泉 /201

将一盏孤灯点亮 /203

神仙岭神话 /206

收到 /209

奶奶的储钱罐 /212

柯楼山传奇 /214

官庄的"大官"儿 /216

# 残　　缺

老常头的宝贝洋孙子晚上突然发起烧,肚子胀得像小鼓,哭闹不止,老两口一下慌了神。

儿子大林去澳洲读博士不久,就找了个洋媳妇,洋媳妇是个中西合璧,老爸是龙的传人,跟老子的老子远渡重洋,就到了那块到处蹦袋鼠的地方。

儿媳妇的爹是个身价上亿的老板,跟外国大老板做亲家,这是老常头一辈子做梦都不敢想的。

孙子病成这样,那简直要了老两口的命,老婆子急得六神无主,团团转。老常头骂,你转个鬼哟!还不赶快拾掇拾掇上医院,话没说完,老常头早已抱着孙子冲出门外。

老常头抱着孙儿跑到村卫生室,卫生室的李大夫一摸,说可能是阑尾炎,得上大医院。老常头知道乡医院那个水平,连一个能开刀的大夫都没有,只能上县医院,再说孙子金贵,别说乡医院条件差,就是好也不能去。

老常头正要背着孙子向县里赶,老婆子这才挎着个小包袱匆匆地赶到,老婆说,上县里三十多里路呢,黑灯瞎火的,咋去?老常头的犟脾气上来了,咋去?天塌下来也得去。你去跟有德侄子说声,让他开着车撵我,我先赶着,老婆子慌慌忙忙地往外跑,而后又折回来,把小包袱挂在了老常头的右手上。

老常头背着孙儿沿大道往县城的方向拼命跑,挂在右手食指上的小包袱也拼命来回晃荡着,他知道那是老婆子给孙子准备的奶瓶、奶粉等杂七杂八的东西,孙子五个月就被洋儿媳断了奶,老两口为了弥补对孙子的亏歉,每天睡觉前,老婆子总是将干瘪的乳头送进孙子的小嘴里。现在快两岁了,洋孙子晚上得含着奶头儿才能睡着。而且,吃饭喝水一会儿也离不开奶嘴儿。

老常头大汗淋漓地背着孙儿跑了十多里路,侄子有德才开着农用四轮追上来,老婆子把手伸出窗外,老远就喊,唉!老头子,停下,快停下。老常头说嘛也停不下来,就像一个木偶,像被人牵着跑。直到车子挡在了前面他才停住,老婆把孙子从他背上拖下来,他恍恍惚惚地被侄子扶上车,然后飞一般向县医院赶。

直到孙子从手术室门里推出来,老婆扑上前抓住孙儿的小手,他的眼圈才红了,嘴唇翕动了两下,却没发出声来。

老婆发现,勾在老常头手指上的小包袱还没放下来,就帮他取,可老常头的食指就像一根冰冷的钢筋,怎么也掰不开。老婆和侄子吓坏了,叫来大夫,大夫很专业,三下两下就把系包袱的绳弄断了,他说包袱绳系手指的时间太长,坏死了,恐怕保不住了。老婆当时就哭了,这可怎么办呀!这可怎么办!老常头回过神来,始觉得右手食指隐隐痛。他说,哭啥,丢个手指头有什么要紧,只要孙子没事,赔了我这把老骨头都愿意。

截了手指头的老常头似乎很高兴,对老婆说,这回儿子该不会抱怨咱了吧。老婆抚摸着老头缠着纱布的手,眼窝里含着泪,连连点头说,不会的,不会的,老头子,肯定不会。

大林和媳妇终于从天而降回到小村子,儿媳妇蹩脚的汉语跟流利的英语掺杂在一起,叽里呱啦地讲了好半天,老两口一句话也没整明白,倒是儿子直截了当:你们是怎么搞的,连个孩子都看不好,害得他挨了一刀,失职,严重失职!几句话就像一盆冰水,把老常头一下给冻在了那里。老婆子出来打圆场：大林呀，你不知道，为救孙子，你爹背着他跑了十几里路，一个手指头活生生地给弄没了。大林很惊讶，走过去查看老常头的指头，果然，他发现爹的右手食指少了两节，只剩下一个光秃秃的一节。

大林拿着老常头的手端详了半天，然后站起来，很果断地说了声，这样不行，必须马上想办法接上！

一句话把老两口吓了一跳，老常头吃惊地看了一眼儿子，又看老伴，老婆子也满腹狐疑地望着他，而后又把目光转向儿子的脸。大林的脸木木的，没有一丝表情，嘴里又重复了刚才的话，必须——马上——接上。

老常头怕儿子花钱，说，我这么一把年纪了，又不要什么好看，就甭接了，花那钱干啥？不接，不接。大林这时却瞪大了眼，脸涨得通红，很坚决地像在下达一个命令：必须接，不接不行，钱由我来出。

老常头实在不想再受那份罪，因为截手指头那阵儿痛得他好几天没睡着觉。他终于没忍住，问，为什么硬要接？怎么接？大林叹了一口气说，你儿媳玛丽的 Dady 要来中国，顺便来看望一下你们，他爹可是个大老板，还是个大慈善家，可他最不愿意的就是跟残疾人握手。再说，儿子以后长大，看到他的爷爷是个残疾人，他会很自卑，我不能让他一辈子都生活在自卑和愧疚的阴影下，懂不懂？

老常头开始懂，当听到后半截提到孙子他又有些不太懂，反正懂与不懂，都得按儿子的意思去办。儿子请省里的专家为老常头做了手术，手术很成功，老常头没弄明白怎么回事，一觉醒来才发现，自己的右脚趾头换到了手指头上，老常头想哭，他干号了一声，旁边的护士却撇了一下嘴，说，一个小指头该有多痛，至于那样吗？老常头赶紧憋了回去。

　　拆了线，脚趾头很鲜活地长在了自己的手指头上，儿子非常高兴，老常头却苦着脸高兴不起来，他皱着眉头反过来正过来打量自己的手，看着看着，他感觉，自己的十个手指全部变成了脚趾头，自己也变成了一个叫不上名来的怪物，正对着人群张牙舞爪地表演。

# 荒

　　五爷去了东北，老年人说那是闯关东，去就去呗，为什么叫闯呢？我到现在也未弄明白。

　　听奶奶说，五爷闯关东是因为五奶，五奶是邻村枣岭洼的女人，大户人家，模样长得俊，听说还写得一手好毛笔字，人们称呼她才女，五爷那时是县初中毕业，教过两年书，也算是门当户对，所以被媒婆三言两语就撮合在一起。

　　刚结婚那阵，小夫妻俩你恩我爱，出双入对，黏乎得让人妒忌。可日子一长，新鲜感没了，两个人就有了一百八十度的大转弯，五奶依旧是早下坡地、晚纺棉花，可五爷不光日头三杆不起，还常醉夜不归，究其缘由，奶奶说，那还不是嫌五奶进门两年了，肚子扁得像个瓢口，空荡荡的连滴水都没盛下。用奶奶他婆婆的话说，母鸡下蛋牛生犊，哪有像五奶这么懒的，两年多了不开胯。

　　五奶就东南西北地找老中医治，口里的苦水和心里的苦水不知咽下去多少，依然是小腹平平。眼望着五奶被折磨得日渐憔悴,五爷越发受不了,甚至整日躲在学校里不进家门。

　　三月开春,冰雪融尽,五爷小包袱一背爬上火车就去了东北。这之前他谁也没告诉,只给爷爷的父亲和五奶分别留了张纸条,爷爷的父亲和带着漆黑老太帽的母亲都盘着腿儿只管扑哧扑哧地吹他们的长烟袋,谁也没言语一声。五奶就这样不明不白地在家里继续担当着儿媳加佣人的角色。

　　五爷一去东北就交了桃花运,被桃树屯的村主任招了女婿,那疙瘩了不得,五爷有可能会继承衣钵接任桃树屯的村主任。羡慕得桃树屯的爷们直拧脖子,醉得差点把狗皮帽子当了夜壶。新媳妇李月娥,浪漫大方,与五爷打得比村主任家的火炕都热乎。

　　大雪纷飞,一年过去,李姑娘的肚子也是不见动静,五爷和李家人都焦急,焦急归焦急,但谁也不知道是咋回事儿。春暖花开,柳绿莺红,他却神不知鬼不觉地牵挂起老家的五奶来。这一天老丈人派他去城里买种子,他就架辆小马车进了城,先给爹娘写了封信,又偷偷给五奶寄了五十块钱。

　　办完事就要回转了,他忽然觉得自己是不是该去医院查查下身的物件,大腿根儿老是痛,老娘们怀不上娃儿,是不是自己的那东西不管用?

　　等了一个多钟头,天上抹了层黑色,结果才出来,带着小眼镜的大夫气呼呼地训他,你是怎么搞的,病得这么重,咋才来呢?糊涂,真是糊涂!五爷忙问,啥病?大夫,你好生跟俺说说。给你讲,讲个啥呢?输精管畸形,不能生育了,知道不?大夫见他眉头挽成了个疙瘩,便自个嘟囔:我就知道,讲了白讲,讲了你也整不明白。

　　五爷怎能不明白呢?他毕竟初中毕业嘛!又是教过学生的。听到这个信息,他脑子里一下就被挖空了,也不知道自己是怎回到桃树屯的,马车和种子却一件东西都没少。

五爷回到村里就病了,病得高烧不退,胡话不止,西医和中医双管齐下,折腾三四天他才醒了。醒了后的他,感觉自己的魂儿没了。

夏天的麦子还没熟,李姑娘却害了喜病,呕吐不止,这是李姑娘快嘴的娘告诉五爷的,五爷听了既不愤怒也不欢喜,麻木地嗯了声,扛着犁头下了坡地。

五爷沉闷得连打雷都惊不出他一句"屁"来。李姑娘说,这么阴死阳不活的,人家媳妇要生娃了,高兴得不知咋好,瞧你吧,比自家烧了瓦房还难过,真是个死性人。说的言语再尖刻,五爷也不跟她计较,因为他有他的算计,在这里,他已经没有了什么内疚和牵挂。

李姑娘生了个白胖胖的丫头,村主任两口子喜得合不拢嘴,他们让五爷抱抱亲亲,五爷不抱,说,算了吧,我粗手大脚的,别碰了娃,等出了月再说吧。李姑娘就一百个不乐意,抓起尿布扔到五爷的脸上。

出了月子,五爷拿出自己的病历向李村主任老两口摊了牌,说,叔,婶,我对不住你们二老,也害了月娥,而月娥也做了对不住我的事,所以我决定明天回老家去,因为那里还有一个为我守身的女人。

第二天天没亮,五爷把月娥塞到他包袱里的二百块钱拿出来,放在桌上,然后包了两件衣服和四个硬馍,头也不回地踏上了回家的路。

# 吧 里 歌 声

辛宝林怎么也想不到,香儿会带他来这个地方。这家酒吧外表看来不十分醒目,"夜郎归"三个霓虹大字不断地变换着颜色,里面的装饰却很前卫,猩红地毯,豪华吊灯,西式酒柜,还有悠闲舒适的轻音乐。傍晚人到此地,不是娱乐,就是开间住宿,将大把大把的钞票抛给酒瓶和小姐,然后心安理得地纵欲和狂饮。

辛宝林被乡里来的干部灌得天昏地暗、不省人事后,在这家酒吧的房间里认识了香儿,乡里来的人把两张大钞连同烂醉如泥的辛宝林一起扔给了她,还嘱咐:照顾……照顾好……领导,另一个人纠正说,不……不对,叫侍候,侍候!一边说还一边不怀好意地阴笑。辛宝林很少喝酒,老家夏山乡的王乡长,为了乡里的蔬菜大棚项目,他咬了咬牙硬是从张副县长那里给乡里争取到了五十万元的专项科技基金,这不,王乡长感恩戴德,为了表达全乡老百姓对辛局长的无限感激和无比深情,三下五除二,竟把辛宝林给放倒了,睡着了的辛宝林就被他们安排在酒吧里,并找了个叫香儿的小姐专门伺候。

安置妥辛宝林,王乡长东倒西歪地由人扶下了楼,下楼时嘴里还打着饱嗝嘟囔:总——总算把老百姓交代的事——完成了,全完成了,高——高兴,嘿。

辛宝林那年三十五岁,是研究生毕业分到县科技局的,奋斗了整整七年,终于混到了副局长的位子上。当了局长,找他的人自然多起来，无论在家还是办公室，那些找项目的，搞投资的，跑审批的，追着他的屁股撵，搞得他整天头昏脑涨。

辛宝林吐得一塌糊涂，香儿一边给他擦洗，一边干呕不止，呕得她眼泪挤满了那双明亮的眼睛。酒醒了的辛宝林，不仅把乡里的人骂了个狗血喷头，还把香儿臭骂了一顿：你们这些女孩子年龄不大，怎么这么不知廉耻，干嘛不好，偏干这。香儿忽然抽泣起来，一双大眼睛里塞满了泪珠，露着痛苦和无奈。沉默了好一会儿，她嗫嚅地说，我爹得了肝硬化，家里只剩三间土房和一头毛驴，为了治病，娘把毛驴也卖了，可还不够，没办法，俺就找到在城里打工的同乡，没找到活儿，只好在酒吧工作。她还说，等给爹治病的钱攒够了，就去学理发，在城里开个理发店，再不拿这种赃钱了。

看着香儿那双闪着稚气的眼睛，辛宝林的心里不由颤了一下。那双眼睛让他想起了自己的小妹铃儿，铃儿为了减轻家里负担，主动放弃了上学，一心一意地供哥哥上大学，可是在一次去集市卖鞋垫回来，却被无情的大水冲走了，当时，他都快疯掉了。

看着眼前的香儿，辛宝林的脑海里突然闪现了一个想法。

三个月后，香儿的理发店开张了，辛宝林给它起了个店名叫"新香"，并叫了几个朋友和同事前来为她祝贺，人群正热闹着，纪委的人却板着脸带走了辛宝林。理由是挪用公款和乱搞男女关系。

辛宝林在单位会计那儿借了一万块钱，说老家有事，并交代会计不要声张，会尽快还上。但这事还是被窥视局长宝座已久的副局熊文革发现了，他借后勤整顿查了财务的账，找到了辛宝林的借条，又依照辛宝林与香儿的风言风语编写了举报材料。然后通过县委大院的几个"哥们"把这些东西送到了书记、县长面前，县长对满怀期望的辛宝林很失望,立即批示:辛宝林停职检查,交纪委审查。

等熊文革如愿以偿登上科技局局长的宝座。辛宝林的问题也有了眉目,妻子和香儿为他还上了借款,但他还是以挪用公款和作风不严谨等问题受到了行政警告处分,调离科技局,到全县最贫穷的琅山乡挂职,县长很惋惜地说,小伙子,好好干吧,将功赎罪,干不好就一辈子别回来。辛宝林感激地跟县长鞠了一个九十度的大躬,抬起头时,他见县长的嘴角有些微微抽动,一幅欲言又止的样子。

香儿异常难过,想起这近一年的快乐美好的日子,想到辛宝林这样的好人为了帮自己所遭受的不白之冤,眼泪不由自主地落下来,她说,宝林哥,我给你送个行吧。宝林想了想,就同意了。宴请之地,就是她曾经打过工的"夜郎归"酒吧。

本来这个地方,他是不想来的,可是香儿和那些原来在这打工的姐妹们早已等在门口迎接了,她们连推带搡地把他拥进去,迎入一个叫相敬厅的雅座间,辛宝林像掉进了迷谷,正云头雾脑,一个姑娘说,香儿把她的故事讲给我们听了,我们都感动得哭了一宿,我们决定不再挣那种赃钱了,靠打工出力挣钱,不再受人欺负,心安理得地吃饭睡觉。辛宝林端着杯的手猛地抖了一下,酒轻轻地从手背流入肘部,有点温温的烫烫的辣辣的感觉。他一饮而尽,脸涨得红红的,我……好……他终于没说出来,接着又把一杯酒高举起来,倒入他抖动的嘴唇里。

香儿说,哥,你要走了,我给你唱支歌吧。她走到电视旁,双手抱着话筒,唱:哥哥您走西口……

歌声婉转凄凉,带着忧伤,辛宝林的眼睛又酸又涩,模糊迷蒙,泪眼里,他看见玲儿唱着歌向他走来。

# 流泪的白玉兰

我们单位院里有一棵白玉兰树,它靠大门左旁,从门口的小街上走过,侧目可以看到它苍老而挺拔的身影,以及密不透枝的怒放的花团,熟悉这里的人每每经过都要驻足向院里瞧一眼,要不是栅栏紧锁,一定会有人溜进来跟它亲近一番。

听办公室的老黄说,这棵树可有年头了,四十多岁,也可能有五十年,反正他来时这棵树就在,看看那些斑斑驳驳、突兀嶙峋的树干,让人不得不相信老黄的话是确切真实的。

每年冬尾,都能看到这棵老树第一个展出饱饱的骨朵,然后静静地等待春天第一个信号的来临,可以说,她比缩在传达室墙后的那束迎春还要早上三五天,单位的人都叫她报春树。无论她的含羞待闺还是她的热情怒放都让人喜欢,那种素洁那种圣白那种敞开心扉那种胸襟奔放让所有人都为之震憾。

这棵白玉兰树离地不高,只有两三米的样子,可她的花枝足有七八米长,单位的某些人有些不怀好意地说她像一个大花圈,栽在门前不吉利的,一任姓孔的局长得了癌症,请了位算命的风水先生来看,风水先生左转右转,然后就盯上了这棵树,说只有刨掉它才能化解困厄,孔局长没敢动,因为他知道这棵树在单位人心目中的位置,甚至说比他这个局长的分量还重,再说这么多年就他一个人得癌症,孔局长也怕屈怨了树,犯了众怒不值得。

我们这个机关有个最大的好处,就是大大小小几十个处科干部没有一个因贪污受贿而被调查关押的,人们都说是这圣洁的白玉兰影响了所有人,庇佑了我们,让我们心若止水,素净无瑕,这种说法也许是有缘由的吧。

看门的郭大爷偷偷地告诉我,这棵白玉兰是第二任老局长亲手栽的,老局长的家是东北的,找了个漂亮媳妇叫雯,是个上海女人,女人六七年到咱这个小县城的,女人长得白鲜鲜的,跟这玉兰花差不了多少,两只眼睫毛特长,和玉兰花里的绿蕊一样,小嘴像枚红樱桃,一说话像吐核儿,睫毛一起一落,娇唇一张一合,俊得真跟花仙子似的,能让咱院里所有的人看呆。

这女人是上海的一个大资本家的女儿,上海解放那会儿她爹逃到了香港。剩下孤儿寡母活得艰难,高中未毕业就下放到咱这儿,让人觉得既可怜又心疼。局里有个姓何的革委会副主任并不这样,他是个有老婆的人,两个孩子都上了小学,可他见了雯之后就像馋猫见了鱼,老想人家的好事。雯虽然漂亮,但不放荡,没办法她只好委身于比她大八岁的瘸子李曾,李曾参加过抗美援朝,被炸断了左腿,尽管他腿瘸,立功复员后到咱局当了保卫股长,但何副主任仍不肯放过她,要批斗李曾,再加之雯的父亲偷偷来信让女儿去香港,为了不让李曾受折磨,雯留下一封信当天夜里就不见了人影。

信上到底写了什么只有李曾知道,李曾从此整个人都变了,他辞去保卫股长,到后勤去烧锅炉,除了干活就是看书学习,再后来就去北京上大学,再后来又回来当了副局长,当了副局长的第二天就在大门左侧栽下了这棵白玉兰树,他说那个上海姑娘最喜欢白玉兰,说不定哪天还会回来找他,可一晃几个十年过去,白玉兰不知不觉也长成了碗口这么粗。

郭大爷说,李副局长后来成了局长,直到退休也没再娶,每天上班他都会在这白玉兰树下停留片刻,然后朝大门口望一眼儿,才神情庄重地慢步上楼去。

微风吹来,抖落几片乳白,掷地有声,她们好像在述说一个牵肠绕肚的传奇故事。我静静地走到花丛下,忽然,一滴硕大的水珠坠落在我的前额上,然后顺着面颊和眼睛向下滑落,它是那么的清凉柔顺、晶莹剔透,还带着一丝儿女人淡淡的胭脂香味。

# 半个月亮爬上来

柳铺河夜间发了大水,大水冲走了柳铺河村百分之九十的房屋、粮食和牛羊,村里八百余口在村主任柳二狗的英明领导下,集中全村所有的剩余粮食,在山岗上支起了大锅,和着从山坡上采下来的野菜,过起了自给自足的共产主义生活。

柳铺河是柳县长的老家,也是县里最偏远最穷的一个地方,柳县长身为一县之长,从来没敢私自照顾过自己家乡的人,甚至是自己的亲弟弟——柳铺河村主任柳二狗。

天还未明,柳县长就带领县乡一班人下来救灾了,小车开到距离柳铺河三里地的公路边,柳县长换上了水靴,在刘乡长等乡村干部的引领下,不辞辛苦地走了一个多小时,终于到达了柳铺河。

听说县长到了柳铺河,人们激动得奔走相告,二狗敞开了沙哑的公鸭嗓子到处叫喊,老少爷们,县长带人来咱村了,咱们有救了。

没一支烟的工夫,村里的男女老少,凡是能走得了的,哪怕是拄着拐杖的老太太,都齐刷刷地站在了村沟边,见他们大都赤着黑乎乎的脚板,卷着满是泥浆的麻花般的裤腿,披着尼龙袋子,一脸黑瘦,只有欢迎县长那憨憨的傻笑里露出的牙齿是洁白无瑕的。

柳县长与几个乡村领导一一握手,心情十分沉重,然后,他向后退了退,站在一个稍高的石头上,大手一挥,充满感情地说:同志们,我代表县委看望大家来了,乡亲们受苦了,我们的工作没做好,对不住大伙了。他的话没讲完眼圈儿却红了。县长说,我已经与各单位取得联系,筹备物资帐篷,尽快发到受灾的乡亲们手中。人群里有人鼓掌,也有人开始抽泣,抽泣声像传染病,竟然有好多人不知道是因为委屈还是激动而哭起来。

到了吃饭的时间,柳县长仍站在村口,听柳二狗和刘乡长汇报工作,他时不时还指手画脚地做着"指示",村里开商店的麻五说,县长也就是下来巡视巡视,做做样子给大家看看,咱这点小灾小难的对一个县来说算不了什么,甚至他还要在这里吃午饭。乡亲们很困惑,不知道该点头还是摇头,眼里顿时流露出惆怅。

中午十二点,县上的救灾物品还是未见影儿,二狗说,县长,咱们去吃点儿东西吧?边吃边等。柳县长焦急地看了一下手表,又推辞了一番,这才跟刘乡长、柳二狗去了公路边的一家小餐馆,麻五说,看,怎么样?大家这回相信了吧。

夕阳西下,救灾物资还没来,柳铺河的男女老少几百个人齐聚在小村口,准备为县长送行,柳县长面无表情,不停地打电话,电话打了好一阵子,眉头也紧缩了好几回,突然他跟刘乡长和刘二狗打了个招呼,也没跟乡亲们告别,就匆匆地钻进小车,一溜烟地向县城的方向开走了。

县长一走，乡长后脚也走了，那样子好像比县长还急。

柳铺河的人们彻底失望了，有的气得开始骂娘。二狗说，大家不要急，再耐心等等，县里正想办法哩。三结巴说，等——等——个球等，天——都——都快黑了，我——我们住哪？

二狗一言不发，只顾自个在那儿抽烟。

夜深了，大家只好围成堆儿生起了火，有的唉声叹气，有的摇头骂人，有的默不作声在想心思，都准备守着火堆度过这个又饥又冷的夜晚。

夜里两点刚过，几速强光从河底的泥路上扫过来，接着伴随车辆的轰鸣响起，人们抱着膀儿正要昏昏欲睡，二狗大声叫起来，乡亲们，乡亲们，快！我们的救灾物资来了，我们的救援的东西到了。

救援物资终于发到了乡亲们的手里，大伙都忙着搭帐篷，谁也没顾及柳县长，柳县长与几个乡亲说着话，竟然靠在树背上睡着了。

刘乡长默默地对大伙说，柳县长本来今天该调走的，可咱们这儿夜里发生了灾情，县委书记在省里开会还没到，在救援问题上，严副县长与他意见发生了分歧，所以，下边单位都保持观望态度，迟迟不见行动，中午他连一碗面条都没吃，为了能让咱们今晚住上帐篷吃上饭亮上灯，他亲自到各个部门协调，这才使救援物资得以及时运到。

乡亲们的眼圈和鼻孔都酸酸的胀胀的，得安老汉脱掉自己的羊皮袄，悄悄地盖在县长身上。这时，半个月亮从湿漉漉的河沿里爬上来，嘴角还挂着一丝甜甜的微笑儿。

# 成　全

刘金月是个贪婪小气的女人,用农村人的行话说,那叫一个"死抠门儿"。

别说亲戚邻居沾不着她的,就连亲爹亲娘也讨她的嫌呢。她对爹娘老向她伸手一肚子不满,老两口一口一个"小死抠熊妮子"地浑骂。因为啥?还不是因为她家有钱,却一丁点儿也舍不得往外掏呗。

丈夫王勇柱是个小包工头儿,一年弄个五六万随随便便,再加上刘金月把庄稼种得贼好,又抠又细地过日子,所以结婚没几年,家里盖完楼买汽车,还攒了足足二十万的存款。

对外人抠倒也算了,自己的小家里,她也是节约得要死命,每顿饭不是一盘土豆就是辣椒茄子,有时给儿子买根火腿肠,那当然没有丈夫的,过惯了肉山酒海日子的王勇柱很烦,时不时找个理由跟她干一上仗,后来就索性不回去,让在建筑队管账的小姨子金季代他到家里给金月和儿子送些钱。

日子久了,王勇柱厌了,想离婚,可商量来商量去,刘金月死活就是不答应。还让妹妹金季捎信吓唬他,如果他王勇柱再敢跟她提"离婚",她马上就喝药,死给他看。后来王勇柱提了无数次,刘金月也吓唬了他无数次,却始终也未见刘金月真的喝药。

这天,金月让金季跟她一起到集市上卖大蒜,一三轮车大蒜卖了五百八十多块钱,金月说,妹子,你把钱收了。金季说,放心吧,姐。金季把钱从买蒜人的手中接过来装进了自己兜里,刘金月有点不放心,把钱从妹妹那里要过来,又一张张地对着太阳照了照,然后小心地揣进自己的衣兜里。

过几天要买化肥,刘金月把五百八十块钱从炕窟窿里翻出来,可卖化肥的说,这五百块钱全是假的。刘金月听了,嘴巴一下张得老大,众目睽睽之下她差点儿晕过去。回家后,她四仰八叉地睁着眼躺在床上,不吃不喝好几天。她问金季,金季说,我当时也没仔细看,后来不是你一张又一张地看了好一会儿吗?金月就闭上嘴眯上眼,把脸扭向墙根。王勇柱也不安慰她,还在一边喝着小酒一边奚落她:省——省——省,哆嗦虫,小贱命……

刘金月喝了农药,这药是原本用来吓唬王勇柱"离婚"用的,她一直在倔强地挺着。可是这次,她终于没能绕过这么个小弯弯,被自己的"小心眼儿"给枪毙了。

刘金月死了,爹娘儿呀乖呀地折腾了一大阵子,手里攥着好女婿给的一卷子抚恤金干号无泪。亲朋好友似乎对她的死很漠然,有个女人只撂下这么一句话,你说这女人,发不发贱,为这区区几百块钱就死,家里高楼汽车的留给谁呢,真是想不开。还有人说,这女人的心真够狠的,孩子才五岁,怪叫人可怜的,哎,这么狠毒的娘哟。

刘金月被熊熊大火烧成了一把灰儿,王勇柱鼻涕眼泪装模作样地表演了大半天,下午四点早早地入了葬,就像戏终散了场,然后罢兵回家吃饭喝酒去了。

新坟前,只有刘金季在微微低泣,她一边抽泣一边絮叨:姐呀姐,你死得不值啊!你怎么就这么想不开呀!妹对不住你,那五百假钱是我换的呀!我只知道你平时把钱看得比命还重,妹只想叫你大病一场,哪曾想,哪曾想你一下子就喝了药呀!姐啊!你留下这么多家业怎么办呢?你这不是故意成全我和姐夫吗?姐,你就放心去吧,你的孩子就是我的孩子,我会像你一样把他养大成人……

## 穿西装的土豆

大哥念完山东大学的本硕连读,要去美国的加州读博士,这本来是全家人为之高兴的事,可父亲总是有点高兴不起来,这让我们十分迷惑和费解。

临行,母亲说,我们全家一齐动手,做顿水饺给老大送个行吧。我首先积极响应,因为平日里大家彼此很忙,都不在家,只有过年才能聚在一起,吃上一顿新鲜可口的水饺。何况是为大哥送行,我想我应该亲自包上几个水饺,叫大哥吃进肚子里,好让他时时刻刻想着我。

老爸说,你们和面,馅儿由我来弄,你们都不要插手。老妈求之不得,连忙说,行——行,那敢情好,倒省了我们的事了。

馅子弄了近两个时辰,才被父亲用铁盆捧了出来,香倒是香,老远就能闻得到,可盆里黑糊糊黏糊糊的,根本看不出来到底是些什么材料。

老妈拿勺儿剜了一小勺,用嘴咂摸了一会儿,眉头皱了老半天,说,只感觉到了酱油和葱姜的味道,用的什么菜,一下子分辨不出来。我也拿起勺儿铲了一些,放在口中细细地品,答案与老妈的基本一致。我问,爸,你到底放了些什么?老爸诡秘地笑了

笑,现在不能告诉你们,等吃完了我再揭谜。

水饺熟了,父亲还变戏法似的弄出了一瓶洋酒,我和老妈不约而同地露出了惊异的神色,妈抢先了一步,问,你什么时候买的洋酒?够新鲜的哟,狗吃麦草——变洋(羊)了。说完,老妈扬起头对卧室里正收拾东西的大哥喊,喂,老大,你快出来看看,你爸厉害了,赶起时髦来了。哥笑着从里面走出来,说,妈,你不要看不起我爸,要不是"文化大革命",我爸说不定也出去留学了,跟钢铁打了一辈子交道,不也搞出了十几个科研发明吗?

老爸停下包饺子,戴上老花镜看了看大哥又瞧了瞧老妈,不无得意地说,那是当然,那是当然,要不是你妈拉着,我早出国了,说不定还能找个洋媳妇回来。老妈的脸似乎有些红,老不正经,守着孩子,还好意思胡说八道,快包你的饺子吧。我和哥偷偷地笑着,斗嘴是老爸老妈的家常便饭,如果哪天不逗了,准是心情不好或者有一个人不在家。

饺子吃了,洋酒也喝了一些,老爸说,你们吃出什么馅了吗?我和大哥同时摇头,妈笑了,刚想说话,是——老爸赶紧制止,妈把刚说了一半的话头儿又咽了回去。

老爸自己倒上了一小半杯洋酒,喝了一小口,放下酒杯,慢悠悠地说,这是用我们家乡的土豆做的。大哥不理解地望了爸一眼,问,为什么要用土豆做馅儿?还弄得神神秘秘的。

老爸盯着大哥身上的西装看了一会儿,长吁了一口气,说,我们这里的土豆好啊!土生土长,又大又圆,品质优良,远销海外,所以,我们才有了家乡土豆"土豆不土,界河无界"的品牌和美誉。到了美国,你会喝洋酒吃西餐,但你别忘了,你是用我们家乡的土豆喂养大的。尽管你穿着西装,可你要记着,你是中国的一棵土生土长的土豆,只不过穿上了一件西装罢了。

每年，新鲜土豆下来的时候，老爸都会不厌其烦、不惜代价地为大哥邮上一小箱土豆。还着重留言：收到土豆回信。

大哥如法炮制，回信：土豆收到。

## 春满人间

初春的风轻轻地拂过马路边青灰色的墙，然后折回吹在墙边行走的行人身上，一丝丝凉意沿着脸颊飞入颈脖，又钻入鼻孔，人们把脖子缩入高高的衣领里，随着一阵阵呛咳，痰沫落在冰冷的水泥地上，化作一块不大不小的冰屑。

县城的小医院零乱得让人发愁，一个二层的门诊楼和两排破旧的病房楼画出了医院的全貌。穿白大褂与不穿白大褂的人穿梭于门诊与病房的羊肠砖道上，好像人们已经习惯了这种日子，每个人的脸上都是麻木和让人难以琢磨的神情。

丁小囡拖着残疾的右腿一瘸一拐地急急地从医院的大门向前排病房赶去，她的头围着个天蓝色的旧围巾，只露出宽宽的额头和两只不大也不太明亮的眼睛，左手提着个淡红色的饭盒，每走一步饭盒就像钟摆摇晃一下，盒里的汤汁便从盒盖的缝隙里挤出来，滴滴答答地撒落在门诊通向病房的砖地上。她刚气喘吁吁地走进一楼的走廊，迎面碰上一个穿着破棉袄的男人，男人看样子比她小，头发灰黄脏乱，真像一堆蒿草，两只眼睛又红又肿，一身又黑又脏的棉衣，胳肢窝里露出了棉花。丁小囡看见他慢腾腾地向外走，就问，大兄弟，你干啥去？那男人迟疑了一下，像蚊子在哼:给——给娃买个包子去。女人说,别了,我买了两份吃的,给你那孩子也买了,别出去折腾了,外边冷着呢。男人搓了搓那双老树皮样干裂得星星点点出血的手,有点不好意思,丁小囡拽了拽他的黑棉袄:走,快进去吧。男人就跟着丁小囡慢吞吞地走进了一个房间,骨科,103病房,几个殷红的大字像血一样紧紧黏在这块满是水珠的玻璃上。

来,来,吃饭,小惠。刚进了门,围巾还没解下来,丁小囡就招呼自己的女儿惠惠,惠惠坐在病床上,双腿放进白色的棉被里,正呆呆地望窗外。见妈妈走进来,无神的眼睛里立刻光芒四射,充满稚气地撒娇:妈,你怎么才来呢?我都快饿死了。小囡把饭盒放下,用手指轻轻地点了一下女儿的额头,瞧你个小馋猫,天天都喂不饱你。惠惠就天真地咧开嘴笑。丁小囡问:腿还痛吗?女儿把右腿伸出来,敲着石膏说,不痛,不痛,一点也不痛,都已经拆线了,还能痛吗?丁小囡爱怜地摸摸女儿的头发,长长地叹了一声。女儿懂事了,做为母亲的她似乎既感动又有些悲伤。她给惠惠擦了擦手,把饭盒打开了,一股热气直冲向房顶,惠惠已经把头伸了过去,搭眼一瞧,嘴巴马上嘟起来:又是鸡蛋汤,菜包子,都吃腻了,又弄这么多,也吃不了。妈妈说:能吃多少吃多少,中午给你做好吃的。丁小囡一摇一晃地绕过床头,把所有的汤倒入邻床一个七八岁瘦男孩的搪瓷缸里,又把两个包子放在一张卫生纸上,说,孩子,吃吧,饿了吧。孩子可怜巴巴地望着她,眼圈有点红,脆声脆气地"嗯"了一声,然后慢慢地从破棉衣的袖筒里把又脏又小的左手伸向包子,斜挎在胸前的打着石膏的右臂从披着的棉袄中露出来。男人也不去管他,独自蹲在床腿边发呆。

中午到了,丁小囡真的做了一锅排骨提了过来,惠惠搂住丁小囡的脖子亲了一口,妈,你真好,真是我的好妈妈。可是在分排骨时,惠惠只得了一小部分,大部分都给了那个小男孩。惠惠不乐意了,妈,他是你什么人?你怎么这样偏心眼,我不够吃,你怎么这么大方?

病房里所有的病人和陪护都惊呆了,人们同时把目光转向了丁小囡,那目光里有同情有怜悯,有感动也有不解,都像钉子一样刺着丁小囡的心,她有点不知所措了,脸色似乎有些凝重发白,只轻轻地说了声,不要乱说,我有点事儿,先出去一趟,你吃吧。说完轻轻地带上门,沉重的脚步声渐渐地从走廊的尽头消失了。

丁小囡的离去使女儿似乎很歉疚,惠惠哭了,对着门喊:妈,你别走,我不是故意的,呜——

旁边照顾老大娘的干部样的老大爷赶过来拍了拍惠惠,说:孩子,别哭了,你妈妈是个好人,我们都该向她学习。惠惠用手抹去了眼泪点了点头。大爷说,你先吃,吃完给我们讲一下你妈妈的故事好吗?惠惠说,行,我给你们讲,你们一定会感动的。其他人都笑,惠惠自己也笑了。

原来,丁小囡在县物资局上班,只因为在一次卸货时为了掩护一个青年工人,自己却被掉下来的重物砸坏了右腿,当时很多人要求给她定工伤,但由于物资局不太景气,工资常拖欠。她说,算了,把补助给我的钱给大伙儿发工资吧,骨头长好就行了。结果医治没跟上,就落下了残废,公司里很多人都觉得欠了她的,也有人抱怨她太傻太亏。

去年公司改革,二百多人精简下去一百多,公司已经决定照顾她留下来,可她又把这个名额让给丈夫下岗的王青了,她说,自己都四十多岁了,还能干几年,让给那些比咱更困难的人干吧!丁小囡的丈夫李胜利在一家锅炉厂上班,日子也不好过,尽管骂了她,但后来又理解了她,她便自食其力摆摊烙煎饼,一家人的生活就这样艰难地维持着。惠惠的腿一受伤,丁小囡也只好放下了活计,一心一意地照顾女儿,也就没了经济收入。

惠惠讲完了妈妈的故事,病房里的几个女人在那儿擦眼睛抹泪,男人们都在沉默,照顾小男孩的那个年轻男人在吭吭哧哧地哭泣。

第二天,病房的护士对年轻男人说,你的欠款已经超过二百了,快抓紧时间交费,再不交,就得出院了。男人的脸马上由红到紫,又慢慢地变成了灰黄,眼圈却红得像一只发急的兔子,两只粗手无奈地左右揉搓,不时去抓挠杂草样的头发,抓倒拽起来,拽起来又抓倒。

到了下午,护士过来说,你的医药费已经交上了,不用出院了。乱发男人忽然站起来,好像想到了什么,急匆匆地跑出去,一会儿又急匆匆地跑回来,一把从床上提起正在打瞌睡的儿子,就像老鹰捉小鸡,然后放在正在给女儿喂饭的丁小囡脚下,说,狗娃,给大娘磕头,快磕,磕三个响头。狗娃惊吓住了,愣愣地稀里糊涂地给丁小囡磕头,磕第三个头的时候被丁小囡拖住了,生气地说,大兄弟,你这是干啥?你这是干啥?乱发男人说,大姐,俺一辈子也忘不了您的大恩大德,俺太穷,确实一下子拿不出这么多住院费,但俺会慢慢地攒,一准会还您的。说着说着,他咧开大嘴号啕地大哭。白发大爷劝住了他,说,大家谁没个难处,你有困难应早该给我们说,我们都可以帮一帮嘛。我这二百块钱你先拿着,不够,我再回家给你拿去。说着把二百块钱塞给了他,其他人也纷纷解囊相助。孩子的爸一个劲地给每个人鞠躬,眼泪和着鼻涕无休止地流个没完。

医院知道了狗娃的家庭情况,也免去了一半的治疗费和住院费,院领导说,有困难大家都搭一搭手,问题就解决了,我们也应该尽些责任。

惠惠忽然叫了一声:快看,快看,迎春花开花了,杏花开了,桃花也开了。病房里的人们都聚在窗口,向外面张望,温暖的春风里,迎春花儿已经抽出嫩黄的枝条,杏花、桃花星星点点,向所有的人在招手致意。

# 村主任是猎手

村主任端着土枪,领着细狗儿在豆地里巡视。豆荚儿已经饱满,金黄黄的跟孕妇的肚子一般模样,豆棵儿顶着稀稀疏疏的几片黄叶,孤独地蜷缩在枝条的末端,不需你动它,只要风儿一摇,定会垂着头无声无息地飘坠下来。

村主任脚穿着高腰儿皮靴,扑哧扑哧地在豆垄里蹚着,豆秧儿和靴子耳鬓厮磨,发出丝丝拉拉的响声。

村主任是村子里第一个买皮靴的人,他认为,村主任就该有个村主任的样子,不能等同于一般的人,他亲自去城里买了一辆本田125摩托,又托人为自己弄了一支猎枪和一副水晶眼镜。骑上摩托戴上眼镜,他才发现,自己还应该拥有一双高筒锃亮的皮靴。他买皮靴主要有三个想法儿:第一,他认为穿皮靴是一种身份的象征。自己是村主任,同村人有所区别。第二,他认为穿上了高筒皮靴能增加自己的英武和身高,给自己不到一米七零的小个子增高,而且走路咔咔地响,引得村里男女老少好生羡慕。村人都说,村主任就是村主任,只有村主任才有个领导的样子。另

外一个原因只有村主任自己知道，村主任是村里最闲的人，他除了到乡里开开会，与乡里村里的干部们混在一起喝个酒划个拳，大部分时间就是扛着他黑油油的土枪，牵着细狗，在田地里溜达。细狗把野兔儿追得在田地里哧溜溜没命地跑，野鸡被撵得叽叽咯咯满天飞，这是村主任最乐意看到的场景。可村主任狩猎一般是不放枪的，他把细狗撒出去，让它们将猎物衔来。村主任挺讲究，喜欢鲜活生态的，他闻不惯那火硝和硫黄的味道，一闻见那味，就反胃，对那些打死的和半死不活的动物，他一丁点儿欲望也没有。整天在田地里乱蹬，泥土灌了一鞋壳，如果穿一双高筒靴就非常适合他目前的这项工作。这也是他买皮靴的第三理由。

百姓们对村主任的这项工作称赞得不得了，逢人便讲，嘿，咱村真选了个好村主任，还是他关心咱们的土地和庄稼，有事没事总想着到田里看一看，不像东村那个乡里派下来的干部，十天半月村里人见不着他一回面，什么事情都交由村主任去处理。

这一天天气挺好，太阳不温不火，旁边还有几朵白云陪伴着。天气很好，可村主任的心情不好，这几天，三组的王五媳妇，二组的黄二和四组的铁蛋老来骚扰他，无非反映他们不是田里的玉米大豆少了，就是辣椒茄子被人偷了等一系列烂事，还要求村主任亲自去查一查。本来，村主任上个星期就约好和李庄的李村主任一起搓两把麻将，这下让他们几家闹腾得没了心情，村主任有个特点，心情不好时，就不碰麻将，碰了也输，这是他十几年来总结出来的经验教训。

跟他闹腾得最凶反映最多的就是王五的媳妇玉娥，玉娥这娘们儿有几分姿色，嫁给王五三年，一直没有怀上，身体凸凹得像村后的馍馍峰，但这女人生性泼辣，嘴毒，得理不饶人，无理争三分，村里有人想提议她当妇女主任，话还没说出口，结果就被老村主任和几个党员给否定了。

　　细狗在豆畦里一步一步地向深处走去,每前进一步,它都会将前爪轻轻地抬起来,然后再悄悄地迈出去,尽管脚步儿很轻,但干枯的豆叶还是发出了沙沙的响声,细狗的短尾巴坚强地翘立着,像一只铁锥子固定在它的屁股上,耳朵细细的尖尖的直挺挺地竖着,偶尔向前倾倒一下,又会马上竖起来,头儿不停地左右转动着,鼻孔里喘着大气儿,还不时把鼻子贴在豆秧上嗅一嗅,然后用黑乎乎的眼睛凝视前方,一步一步地向前推进。

　　村主任端着枪,脖子伸得比细狗还长,他紧跟在细狗的屁股后面,活像一个小日本鬼子,高筒皮靴很夸张地抬起来再放下去,重重地踏在松浮的豆叶上,庄稼地里发出一片混乱的声响。

　　忽然,细狗止住了步子,刚刚举起来的前腿像猫爪一样悬在半空中,好一会儿才放下来。它挺着耳朵在认真地倾听,然后唰的一个转身向右冲去,随着"啊"的一声惊叫,右侧豆地里响起一阵汪汪的狗叫声和摔打的声音。

　　村主任跳过了豆垄,径直奔向出事的区域。他发现,细狗正对着一个坐在地上的女人狂吠,女人跪在地上,屁股撅得高高的正在向狗求饶,村主任马上喝住它,细狗停止吠叫,看了女人一眼又看了一眼村主任,然后摇了下尾巴,悻悻地转过来。

　　女人或许早已发现了村主任和他的狗儿,等狗跑到村主任身边,女人早已从地上爬起来,麻利地扒下裤子蹲在那儿假装尿尿,露出白皙肥腴的屁股。

　　村主任的心猛地摇了一下,嗓子眼里好像塞进了热辣辣的东西,从背影看,他隐隐感觉到,这娘们就是王五媳妇玉娥,因为在他的心里,他早已经把这女人想象和摆弄过一百遍一千遍。甚至是脱了她的的确良碎花小褂,他会立刻找出女人身上有几个痣来。

村主任本想质问玉娥,跑到人家豆地里鬼鬼祟祟的干什么?是不是在偷豆子。可一见玉娥褪掉了裤子,袒露出那堆白花花的肥肉和通红的花裤头,他什么都忘了,全身的血直往头上集中,后又从头部流到胸部,最后固定在小肚子的根部,村主任的脖子和下部同时充血,他啪地撂下土枪,眼睛里闪现出猎人掳获猎物时那种特有的目光。

通过豆地里这场如痴如醉的"决斗",村里再也没有人站出来提少豆子的事了,不久,王五稀里糊涂地当上了村里的治保主任。王五走在街上,也成了有头有脸有身份的人,村里人一口一个王主任地叫他。平时窝囊得被人当蛋玩当粪踢的王五一下子找到了被人尊重被人献媚的感觉。他问玉娥:你说咱村里这么多的能人,村主任为啥偏偏选中俺当治保主任?媳妇的嘴角儿一翘,对她笑了笑,这俺哪知道?你去问村主任。

王五请村主任来家里喝酒,玉娥一个碟子一个碗地炒菜给他俩下酒。村主任和王五就像亲兄弟样,你一杯我一碗喝得欢实,酩酊大醉后,两人亲兄弟似的手牵着手倒在王五家的土炕上。

可是,有一个人却老不拿王五当回事。那就是村西头的刘四,刘四出生时嘴唇突兀着,两只小眼睛明显不一般高,左脚儿还有点内翻,等会跑的时候已经两岁半了,走路一扭一拐,看人总歪着头,嘴噘得跟北京猿人不差,口角的涎水能垂到脚脖儿,整日里一脸的傻笑,长到了十五岁,什么也干不了,却对女人有出奇的好感,一次,他摘了朵小花儿送给了正在给孩子喂奶的堂嫂,堂嫂很高兴,摸了一下他的头,他却把脏兮兮的手插进了堂嫂的怀里,被堂嫂使劲地扇了一巴掌,刘四哭天嚎地坐在地上蹬着腿儿撒泼,刘四娘气冲冲地跑过来跟堂嫂理论,要拉刘四起来,刘四哭得天昏地暗,说什么也不起来。刘四娘说,你看看你,还当嫂的,摸你一下又怎么啦？又不是大闺女,昨天他还吃俺的奶,你给俺哄,哄不好,我就找你婆婆来哄。说完,甩着胳膊踢着碎步儿气哼哼地走了。堂嫂只好去求刘四,刘四委屈地直抽抽,说,谁让你打俺呢！你得让我吃你的奶,我才起来。堂嫂没办法,只有解开怀让刘四吃,刘四一边可劲吃着左侧的,还用一只手使劲地抓着右侧的,堂嫂却低着头在那儿吧嗒吧嗒地掉眼泪。

刘四走在街上,对着王五喊,王——王五,今——今天——有——有人偷——偷你家的鸡了——没有？王五本来对这个傻子就反感,一听他问这话,火马上上来了,骂他傻子。你——你才傻——傻子,村——村主任就——就偷过你——你家的鸡！你狗日的胡说,村主任是一村之长,他怎么会偷我家的鸡？不——不信问——问你媳妇。你媳妇愿——愿意的。王老五二话没说,上去左右开弓,揍了刘四个满目金光。

夏日的中午,太阳毒花花的,几乎要把村民们的脊背烤熟,村主任光着腚儿从小河里爬上来,在岸上的草丛里寻到了一条红色的裤衩套上,然后站在太阳底下伸了个懒腰,裤头里马上有物件膨胀了起来,他叫过正在河里扑腾的小马,在他耳边嘀咕了几句,小马赶紧套上大裤头裸着后背赤着脚板向村里跑去了。

村主任吐着烟圈,迅速地向村东头走去,进了村,他正要转向王五的家门口,一转弯,看见刘四跷着腿,坐在王五大门旁的石头上看蚂蚁,村主任蹑手蹑脚地走到门口,没敢推门,却转身折回来,走到刘四跟前,笑着问,刘四,你在那干吗？大晌午的不回家吃饭。刘四头也不抬,仍旧在看他的蚂蚁。村主任说,别看了,你娘叫你回家吃饭。刘四说,没听见。村主任掏出了一块钱,说,去吧,去买糖吃,别在这里坐了。刘四见了钱,笑了。糖——买糖,你——你上王五家吃——吃鸡,是吧？可王五,走了。村主任笑着点点头,说,知道了,你走你的吧。刘四刚走,村主任就身手敏捷地消失在王五家的门里。

大队部的院子里,一只公鸡正在对一只丰满漂亮的小母鸡穷追猛打,一直追得它得无处躲藏,小母鸡只好束手就擒,乖乖地趴下来。

公鸡终于骑在了母鸡后背上,它用尖硬的喙狠狠地啄着母鸡的毛,双爪紧紧地拥抱着母鸡的脖子,身子猛地一沉,然后从母鸡的背上滑落下来,蹲在地上直喘粗气儿。母鸡从地上站起来,抖了抖脖子上散乱的羽毛,回头还击了公鸡的头部一下,然后若无其事地去捉小虫虫。

刘四坐在大队部院子里的门槛上,看着公鸡与母鸡儿的精彩表演,对着办公室的王五喊,王五——王五——快——快来看。王五以为发生了什么事情,顺着声音跑出来,这时他正看到公鸡母鸡交欢的情景。刘四说,王五,你看——看那个公——公鸡像——不像村主任,那——那个母鸡——像——不像你媳妇。王五正生闷气,心想着,村主任让我来开会,可迟迟不见村主任的身影。听刘四说出这样混账话来,气就不打一处来,王五摸过门口的扫帚就冲向刘四,一边打一边骂,我看那公鸡就是我,母鸡是你娘……刘四撒开腿儿向大门外跑,王五跳过门槛,气喘吁吁地用左手撑住扫帚,抬起右手指着刘四的背影骂,小兔——崽子,要不是今天——我老婆怀上了,俺心里高兴,否则,非把你王八羔子的腿打折不可。

## 村主任的酒量

老少爷们都知道,村主任的酒量大,全村没有人能喝得过他。

村主任是村里的头,村里大事小事不能没有他,上边来检查工作,百姓婚丧嫁娶,还有谁家来了重要客人,村主任唱的都是主角,看他一边喝酒,一边眉飞色舞、唾沫四溅、滔滔不绝,有人说他是"能人",有人称他"酒魔",他全不在意,还一个劲地嚷,来,干了,干了。直到把客人喝得东倒西歪,语无伦次,洋相百出,不醒人事,别人劝止时他才偃旗息鼓,而自己仍要热情地把他们生拉硬拽地送走,而后回家倒头睡去。

村主任大小也是个"官",官向来都是"有架子"和繁忙的。村民谁家有事一定要先向他预约,他的脑子很管用的,他能把一个月的一到三十号上午干什么,下午去哪,该到谁家喝酒记得一清二楚,从来没有出现过原则性"记忆失灵",这也是让村里人最服气的一点。但有些人家鸡毛蒜皮的小事请他,他是绝对不去的,但如果该他出头露面的事,你没有请他或者说晚了,他会老大地不高兴,直到你再邀他喝酒为止。

当然,村主任喝酒也不是每次都"英雄无比"。俗话说,常在河边站,没有不湿鞋的,时间长了,也弄出了不少洋相和故事来。有一次乡里几个干部下来检查,执意要吃"笨鸡",他知道这种事不好向群众伸手,狠狠心把自己家仅有的一只三斤重的笨鸡给炖了,可一干部说不过瘾,想再吃,他一听酒涌上脑门,晕了,恰逢一只狗趴在地上捡骨头吃,他把头伸到桌底下,拾了块鸡骨说:狗——狗——都不挑肥拣瘦,给啥吃啥,咱也吃。他说着把骨头放在嘴里嚼得咯崩直响,窘得其他人半天没敢没动一下。村主任暗自得意:你们以为老百姓的东西那么好吃,噎——噎死你。

还有一笑话是从他的老婆口中出来的:一晚上村主任醉躺在床上说酒话,他十岁的儿子在罐中撒尿,尿完后上床,村主任忽然发牢骚说,倒上——了,还——还——不给我端过来,磨蹭——啥?老婆又气又恼,用勺盛了递给他说,喝吧!他抓过一饮而尽,喝完后打了个嗝,喃喃地说:人都说——说——酒是猫尿,还真是那味儿。

可是,终于有一天,村主任的胃没了(当然是一部分),他喝完酒骑自行车到乡里开会,一不小心掉进村后的枯井里,车把捣坏了自己的胃,胃上破了一个五公分长的口子,大夫说,必须切了,他老婆死活不同意,但终于未坚持到底……村主任为此难过和戒酒了好一阵子,但村民们仍旧一如既往地尊敬他,请他操持事情和陪客。

后来,他的酒量又大如初始,直到他六十多岁去世,人们再没见他喝醉过。

# 打　　劫

　　我刚在市报上发了一篇文章，稿费还没拿到手，几个同学就接二连三地打电话来，说要祝贺祝贺，我懂这帮小子的心思，这哪里是什么祝贺，就是明着宰我一顿，好让他们大快朵颐。众愿难违，我也只好笑脸相邀。

　　电话一打，欢呼雀跃，我说请客可以，但不准带家属，我可是穷得叮当响，经不起你们这些胃大肠肥的香主来咀嚼。他们异口同声，放心放心，咱压根儿就不是那种人。

　　聚会如期举行。我选择了一个既简单又实惠的饭店，随便点上了六个菜，我刚落座，三男四女七个同学稀里哗啦地全到了，对象倒是没带，刘慧慧身后却跟了个小孩，刘慧慧说，俺那死鬼又摸牌去了，剩下个跟屁虫没饭吃，所以就领来了。

　　我说平时有事情找你们都找不着，今天怎么来得这么齐，大丁抢着说，我给她们下的通知，说不来不行，你有了这么大的成绩，不来给你捧捧场那咱还是同学吗？

　　我抱了抱拳说，那就谢谢各位同学，我朝服务员挥了一下手说，上菜。毛军说，这没鸡哪行？来，小姐，上盘香辣笨鸡，那挥手的样子比我还潇洒，好像今天他请客似的。见他点了，我只好咬了咬牙跟着附和，那就再来一条油淋鱼吧。众人情绪很高涨，一个劲儿地吐着赞美之词跟我喝酒，不知是陶醉还是酒醉，一会儿就把我整得晕晕乎乎不知东南西北了。

吃过饭,又顺理成章地被哥们姐们儿推着进了KTV,正当他们扯开嗓子努力干嚎得正来劲时,我却缩在角落里睡着了。

我是被歌厅的服务小姐叫醒的,她说,你那些朋友都走了,他们说让我叫醒你。

我摇摇晃晃从歌厅里出来,一边往回走一边骂,一群重色轻友的家伙,都老早跑回去陪老婆和老公去了,也没人陪陪我,把我自个扔这儿。

也不知道我是怎么回到我租住的一间半小屋的,反正一觉醒来已经早上八点半了。今天报社让我送一篇稿子过去,并顺便把稿费取回来,这种事不能耽搁。可翻遍了床上的被褥也没找到我的衣服,奇了怪了,衣服哪去了,我一边翻找一边嘟哝,索性穿着裤头披着毛巾被下了床,赤着脚在水泥地上来回走,可找了个遍,连衣服的影儿也没见到。

我下意识地拉了一下房门,虚掩的门轻松地开了,这才发现,我的衬衣、裤子和外套被杂乱地堆积在门口的纸箱上,纸箱下面,皮夹和证件洒落一地。

我呆呆地望着它们,大脑顿时一片模糊。

## 带血的红袖标

我的小学是在一座有两千年文明的小县城中读的,由于它的古老的历史和现代的繁荣,车水马龙的景象填满了这所小城的角角落落。

小学位于一条占十字路口的街南,每次上学放学总要经过这个人车拥挤的交叉线,这就给我们这些"小不点"们带来了诸多的不安全因素。经过居民的呼吁和教育部门的反馈,这里增添了一个小临时交通岗,一个青年交警来到这里为我们"保驾护航"。

可是他总是手忙脚乱,顾了东顾不了西,看住了车看不住人,特别是在我们放学时,他总是忙得满头大汗,他又向上级反映,希望能再派上一名交警。

上级说,人员紧张。后来,经过与县领导协商,派了一名离休干部张大爷,帮助在上学放学时带学生们过马路和维持秩序。这样一来,小街的交通秩序有了很大改善,我们的安全得到了很大保障,居民们非常满意。

后来,一件有趣的事情发生了,我们每当上学放学过马路时,有一个五十上下、长发灰头、头上戴着一顶变了形的没有国徽的黄大檐帽的赤脚"疯子",左手执着一个纸折的小红旗,右手像交警那样摆着停的姿势,一批又一批地带我们过马路,孩子们尽管都笑他,还有一个司机伸出头来训他:疯子,吃饱了撑得没事做,不去要你的饭,在这充什么能,真是有病。他似乎没听见,仍是认认真真、一丝不苟、不厌其烦地带队,学生和行人走完后,他就跑到马路对面的墙角里,端起他的破碗,坐在他的家当(一个破包裹)上有滋有味地喝他的剩粥。

小交警撵了他好几次,撵走了他又跑了回来,反反复复折腾了好一阵子,张大爷说,算了,看他那个认真劲还真像那么回事儿。张大爷对他讲,如果他洗干净头脸,就给他一个红袖标。没想到疯子打了一个立正:是,队长。然后乐得疯疯癫癫地跑了。

第二天,疯子果真洗了脸,理了发,看样子衣服也像洗过了,但就是皱皱巴巴的,不是十分干净,那顶象征"威严"的帽子始终戴在头上,腰里又多了一条不知从哪里捡来的旧皮带。张大爷既感动又伤心,心想着,这个不知家住何方的"乞讨疯子"竟然这样热情而认真地做这种苦累的工作,他没有食言,亲自为"疯子"缝了一个红袖标并亲自给"疯子"戴上,乐得"疯子"像个孩子似的抓住张大爷的手直摇。

后来张大爷因病住院了,"疯子"就成了"全职安全员",可这事让县里的领导发现了,说,简直是胡闹,影响且不说,让别的县知道了,我们的脸往哪里搁?局里就派了辆车,在一个晚上偷偷地把他送到了二百里外的临县,让一个待业的小青年接替了他的"工作"。小青年干了没三天,实在是吃不了那苦,炎炎烈日把他给晒跑了。

十字路口少了个值班的,交通秩序又乱了许多,事故一连出了三起,一个小学生的脚被车轧成了重伤。

过了十多天,"疯子"又神奇般出现在十字路口,他一如既往、一板一眼地维持秩序,带学生过马路,只是见他面色青灰,走路无力,右臂上有一个血迹未干的大裂口,红袖标已被血染得黑暗发亮,像一块膏药紧紧贴在"疯子"的伤口处。

没过两天,听说"疯子"在十字路口的墙角里死了,公安局找了人民医院的大夫,查了死因,说是破伤风。领导挺感动,给他整了容拍了照片,登了一则寻领启事,并出钱火化了他,又找了个小土岗把他埋了,为了以后方便家里人能找到他,还用小石板立了个碑,写上了"交通安全员无名氏之墓"。

大约过了两个多月,终于来了一位银白头发的老太太和她两个儿子。老太太面色憔悴,哀哀切切地说:这个死者就是我家老头子,叫丁长明,四五年参的军,在打锦州时负了伤,就退了役在家教学,后来当了校长,"文化大革命"时被人斗疯了,到处跑,已经许多年找不着家了。她说她非常感谢贵地领导能这样对待她的家人,让老头子在天之灵也能得到安息。老太太把老伴的一枚军功章赠给了局里留作纪念。

县里和局里的领导一听说死者还是战斗英雄,负过伤,无限内疚,他们征得老太太的同意,决定把丁老头的骨灰移葬于县公墓中,为老丁制作了一块整齐的大碑,上书:"战斗英雄、交通安全员丁长明同志千古"。并把丁老头工作过的交通岗定名为"长明岗"。

冬去春来,几经沧桑变迁,长明岗始终像一双明亮的眼睛矗立在母校的十字街口,戴红袖标的老大爷正摇着小旗领着一队孩子过马路。

## 当关心领导成为一种时尚

不知从什么时候开始,妻子忽然对工作积极了,清早六点就起床,梳洗打扮一番后,回头抛给我一句话,懒货,还不起床,别忘了给儿子弄吃的,我得走了。说完她抓起小包,穿着拖鞋向门口冲。

我很生气,将身子扭过去,不理她,她见我没动静,又跑进来,将冰冷的手指伸进我的脖子,我一下子坐起来,没好气地说,你有病! 去这么早,单位鬼影也没一个。

她憋了一口气,才说,我得去给俺的组长殷红买早饭,说着头也没回,带上房门"腾腾"地下楼去了。

给她组长买饭,我反复嘀咕着这句话,百思不得其解,这真是天大的笑话,妻子可是从来没有这种嗜好的,怎么就忽然间想起关心领导了。

带着这个疑问,我稀里糊涂地工作了一天,晚上回到家,锅碗儿朝天,她却跷着二郎腿在那穿针引线织毛衣。我皱着眉头问她,儿子都放学了,你怎么还不做饭?她看起来特别专注,头也不抬,说,你去做吧,看不见我正忙着呢。

我说你这该不是给你自己织的吧?给我们办公室胡主任胡大姐织的,天冷了,我得关心关心她,她们都争着帮她织,但是胡主任还是把这项伟大而光荣的工作交给了我。

我说你越来越不像话了,有你这么关心领导的吗?谄媚领导都媚到家了,你还是不是你?要是遇上个男领导,你还不知该如何献媚来!

放你的狗屁,妻子似乎急了,不自觉地骂出了脏话,她抬头看了我一眼,你难道就没关心过领导,当初你给你们领导开小车那阵儿,你巴结得比谁都要紧,提包端杯,连擦屁股的卫生纸都给送到厕所去。现在刚混上个小科长,你就不知道你是谁了?呸!你们都进步了,就我还是个"小老九",往后你还能看得上我吗?我说,说什么胡话,你就是上街去要饭,我和儿子仍然要你,只求你不要再折腾了,好不好?妻子眼儿一瞪,那不行,说归说,得等我进步完再说。

妻子通过自己的不懈努力,终于如愿以偿,当上了教研室里的副组长,她整天喜形于色,教研室里的姐妹们都抢着帮她做这做那,时不时还整点"小意思"拎回家。

妻子进步后,工作积极性有增无减,似乎很忙也很累,这可苦了我和儿子,天不明我就得爬起来做早餐,然后叫他们起床洗刷,儿子的衣服鞋帽也不像原来那样干净整洁了,算术题没人检查,一页一页满是刺眼的×号,尽管如此,可儿子也进步了。

头天同事串门带来两盒巧克力,一大早儿子去上学全装进了书包里。我问,你干什么?拿这么多巧克力干啥?儿子理直气壮地说,我的亲老爹,这有什么大惊小怪的,同学们都这样,我得拿些好吃的关心巴结一下我们的组长和班长,昨天我的作业没完成,要不然回学校又得挨罚,上个月罚我扫了一星期的地,你叫我在同学面前怎么做人。所以我得给他们来点甜头,他们就不会老催我交作业,更不会告老师了。

我听了,恨不得猛揍他一顿,儿子却耗子似的吱溜一下跑了。妻子却说,不要动不动就训他,慢慢来,打不是办法。我问她,那什么是办法,你给我说说。

妻子也不争辩,取下包,然后回过头来对我说,我听他班主任李老师说,孩子这段时间进步很快,学会团结同学了,愿意参加活动了,课堂发言也积极了,老师准备让他当副班长。

果然,没出两个月,儿子真的当上了"班副"。

## 倒霉的黑眼圈

瞧这觉睡的,整整八个钟头,早上七点,我准时起床,儿子今天值勤,已坐班车去学校了,我拿起牙刷随便刷了几下口腔,又用清水胡乱抹了几把脸,然后就向饭桌靠拢,妻子说,你们不愧是爷俩,干什么都是吊儿郎当,就连洗脸刷牙儿子都跟你学了,不但不想刷牙,就连洗脸都跟小猫搔痒似的,唉!妻子无奈地叹了一声,有其父必有其子,我真是拿你们没办法。

　　妻子的柔声细雨对我起不了什么作用,我趿拉着拖鞋一屁股坐在饭桌前,狼吞虎咽地吃起来。妻子一边吃一边皱着眉头看我,她突然"啊"地叫了一声,焦急地说,不对呀!你的眼圈怎么这么黑,是不是得了什么病?我满不在乎地在那大口咬着油条,还忙中偷闲地说,你看我能吃能睡的,能有什么病。

　　妻子慌忙从洗漱间拿来了小镜子,让我自己照照,我极不情愿地放下油条拿起镜子,一照,自己吓了一跳,这是怎么回事,两个眼圈暗暗的黑黑的,眼里白膜上还有鲜红的血丝。

　　我终于什么也吃不下去了,含在嘴里的半根油条吐了出来。妻子说,你是不是上夜班熬出了什么病,你感觉身体有没有不舒服疼痛的地方吗?

　　她不提醒便罢,一提醒我倒觉得肚子里有些不舒服,胸口有些胀痛,后背也似乎有些酸痛。怎么,得病了,我怀疑起来,又举起镜子自我端详了一番,好像是病了,脸有些黑瘦,一点光泽也没有,我那个又白又胖的大脸不见了,我那被人家称作一脸福相的容颜消失了,我确信,肯定病了。

　　妻子看着我一副犹豫不决的样子,说,你今天跟单位请个假,赶紧到医院检查一下,看看是不是真病了。我像个泄气的皮球,心不在焉地应着:行,好吧。

　　因为"有病",我放弃了平时跟我最亲近的破自行车,坐公交车去了医院,随着钢镚儿"砰"的一声落入投币箱里,我的心也跟消化不良的破巴士一样没命地摇晃起来。

　　也不知晃荡了多少时间,我终于听到公交车喇叭里传来了女孩清脆悦耳的声音:乘客们,市医院到了,如有到医院的乘客请下车。那声音甜甜的柔柔的,很好听,但我还是不由自主地叹了一声:唉!你哪里知道,到医院去的人心里该有多苦!

终于挤到了挂号的窗口,穿着白大褂戴着金丝眼镜的一个白生生的女孩一边"哗哗"地拍打着她的电脑,一边头也不抬地问我,挂哪个科?我支吾了半天,说,你看我眼圈黑,该挂哪个科?女孩这才抬起那张白生生的圆脸看我,我突然看到那付金丝眼镜的后面还藏着一双特美丽的大眼,她注视了我大约有七八秒钟,然后很专业地思索了一下,说,看你眼黑,应该是血热,你看血液科吧。说完三下五除二就把证和号递了出来,我交上钱心满意足地去就诊,心想,这个漂亮的小女孩真是不简单,一眼就能瞧出我得的啥病,在这儿挂号收款真有点暴殄天物了。

挂完号我的心情好了许多,电梯也不去挤了,就沿着台阶走到了五楼的血液科。血液科专家不厌其烦地询问我的病情,他问我的症状有哪些?感觉如何?吃饭香不香?晚上失不失眠……问完这些,又问我的妻子、儿女、父母、爷奶,就连我的祖宗八代都没放过,一直问得我哑口无言不住地摇头,他才心满意足地鸣锣收兵。然后他又趴在桌上不停地写,写一会儿看一眼我的黑眼圈,写完后"哧啦"一声撕下两张小单子,说,你去验个血,看看有什么问题?

我下了一楼交款,然后又爬到三楼排队化验,一个小时后,我把结果拿到了血液专家面前,专家摇了摇头,对我说,血液看样子没什么问题,他又在病历上"唰唰"地写了几行字,然后才说,不行,你去内科看看。

我想,反正来了,看看就看看吧,我又到一楼挂了个内科专家,然后猫着腰爬到了二楼,内科专家是一个前额光亮、顶上也有点荒凉的中年人,但他胸牌上的工作照可是头发如墨,风度翩翩,一个活脱脱的英俊美男。

他也像血液科专家那样上下左右询问了一番,接着又让我张开嘴,他低头向里望了望,然后在病历上一刻也不停地写,写了一张意犹未尽,又翻了一页再写,写了足足有三分钟,才把病历拿起来,我刚想伸手去接,他却把病历扔给了对桌的一个穿白大褂的小青年,小青年像是个实习的,一边对着病历往单子上抄东西,一边还时不时问一下老专家,实习医生写字写得很慢,我挺着急,五六分钟过去,好歹抄完了,专家又一一签了字,最后递给了我。我一查,整整四张单子,心电图、肝胆超声、心脏彩超、胸透。我一边道着谢一边急匆匆地赶着去楼下交钱,然后像学生做作业那样一项又一项地认真地完成落实,等待结果,一系列检查结果凑齐,我把单子一递,内科专家一张又一张地反复仔细地阅了两遍,然后才不急不躁地说,看样子没多大问题,吃点药看看,不好过两天再过来。于是他开了两张处方,在递给我时忽然又说,你可以找眼科专家咨询一下。我想咨询不能白咨询,咱又不认识人家,所以只得又跑到一楼挂了个眼科专家。

眼科专家是个女的,特年轻靓丽,看样子也只有三十出头,我把病历递上去,她漫不经心地瞟了我一眼,眼怎么了,我说眼圈发黑,难受。还没问什么,她已经填好了两张小纸条让我去对面交钱。我不解,问:交什么钱? 她杏眼一挑似嗔非怒:检查费,待一会儿给你做个检查。我只好悉听遵命,按要求取回了收据,她这才打开一个满是镜子和小灯的木盒子,对着我的眼睛反过来正过去地照,照完了又指示我坐到一个机器旁,让我伸长脖子,下巴放置在一个有窝的钢架上,女医生坐在我的对面,她命令我张开眼睛看机器里的亮光,我顺从地尽可能地把眼睛大看着机器里的红点,她离得我这么近,连呼吸都似乎听得见,我感觉那不是在看镜子,而是在看她的眼睛,这样大眼瞪小眼地看了好一会儿,直到我的眼睛又酸又胀,她说了声,好了。这才完成了跟她的近距离接触,这种接触感觉好受又不好受,好受的是她的脂粉味儿幽绵透香,不好受的是镜子的红光刺得我双眼涩胀,头脑发晕。

她熟练地开下了一张处方,说有点结膜炎,回去服点药点点眼药水,眼圈不属于眼科,我看你该到中医科,开点中药调剂调剂。

我觉得她的话很在理,于是又跑到了中医科,中医科是位老先生,老先生不仅白大褂穿得干净,就连白帽子都戴得周正,颌下的花白胡子微微地抖着,他见我进来,大家风度般向椅背上靠了靠,让我坐下来。然后把干瘪冰凉的右手搭在我左手腕上,一会又换上右腕,摸完了脉又让张开口伸出舌头,舌头看完他便不再询问,坐在那里用抖动的手在纸上飞舞,我只认得处方上的几克几克,前面的药名我一个也没看懂。开完药他才慢条斯理地说,你是劳累熬夜造成气津耗损,肝阴不足,虚火上炎,伤及双目所致,我给你开了七副中药调理调理,七副吃完,如不好再来调理。

老先生的几句话说到我的心窝窝里,佩服得我五体投地,于是满怀感激地说,大爷,你说得太到位了,太好了,太正确了,我今天没白来,遇见您这么一位妙手回春的神医,真是三生有幸呀。老头被我感染了,伸出枯瘦的手拍了拍我的肩膀,脸上的沟壑中终于爬上来一片皱皱巴巴的笑意。

中午十二点,我终于瞧完了大夫,带着大包小包的中药和西医回家,这可是一千多块钱呢,一个月的工资没了,我开始心疼起来。到了家把药扔在桌上,我懒懒地歪靠在沙发上正郁闷,戴着老花镜给儿子缝棉衣的老母亲看了看我,问:怎么了,孩子?

在母亲面前,我真的变成了孩子,眼红红地说,妈,我病了,病得眼圈都发黑了,看了半天大夫也没说出个所以然来,你看,还开了这么一大包药。

母亲放下手中的活计,迈着小脚颤巍巍地走到我跟前,怜爱地说,不要紧,孩子,我在家听你懂中医的二大娘说,眼圈黑是热毒上了眼,害眼病,用手使劲揉揉,要不行用针扎扎眼眶外边放滴血就能好。说着,母亲就吐了口水沫抹在手上,然后用双手在我的眼角使劲地揉搓,我闭着眼睛,任凭老母亲的爱在我的眼角游动,揉着揉着,老母亲说,不对呀!你眼眶里怎么满是黑灰呢?

我一听,马上睁开了眼睛,用手一摸还真是捉到了一个灰蛋儿,我赶紧跑到洗漱间用镜子照一照,嘀!母亲揉过的地方满是灰条儿,灰条下眼眶白白的找不到一丝黑色的模样,我用香皂儿仔仔细细地把脸洗了两遍,又白又净的脸呈现在自己面前,我百思不得其解,心想,这到底是怎么一回事呢?

突然,我的脑子里闪现出一个想法,我迅速跑进卧室,在儿子的枕头下面找到了那只画画的碳粉笔头,臭儿子,我在心里不停地骂,好你个臭小子,等晚上放学回来,看我不把你屁股揍得皮开肉裂。

## 到底谁疯了

我是煤矿上的一名小技术员,好不容易熬上了工区的工程师,可井下的一块石头掉下来,将我的左小腿砸了个粉碎性骨折。

于是,我以"工伤"进了县里的一所医院。医院对我们这些煤黑子们格外热情和照顾，没两天，院里组织了一批人，三下五除二就将我这条弯腿给摆正了，看着这条失而复得的小腿，我感激得直想哭出来，翘翘大拇哥，我的腿还没坏，老天爷！

可两个月未到，我这只带石膏的腿开始隐隐作痛，拍了个片子，连那个戴着硕大眼镜的何主任都吓了一跳。螺丝钉松了，钢板脱了，骨折移位了，主任的三个"了"字再加上他那副沮丧的面容，把我一下子推进了万丈深渊。

于是乎，我又一次被推进了手术室，腿尽管保住了，可小腿的骨头却长成了瘤状，最后以短却左腿三公分的差距康复出院，于是，我成了瘸子。

为这，妻子趴在丈母娘身上哭得涕泪连天，说年纪轻轻跟个瘸子厮守终生，是不是太委屈了自己的青春年华。老岳母作为过来人，她语重心长地把闺女好一顿歹说，媳妇这才打消了这个不良的念头，决定为了儿子和我这个残疾人的未来与幸福，将自己牺牲掉。

可我实在不愿担当"残疾人"这个尊荣称呼和公共角色，更不想让全社会的人都来关心和关注我。我决定遍访名医，求方问药，可满腔欢喜去，一声长叹归，见者均无回天之术。一名医生劝我，为了你的将来，你应该起诉这家医院，为你的病情和利益讨个说法。

我思虑再三，终于物色了一位律师，律师踌躇不定，于是我请他吃饭。酒后，律师慷慨激昂，仗义执言，我如果要不能为你讨个说法，我就愧对"名律师"这个称号，如果打不赢这场官司，你就把我的头摘下来，拿当皮球踢。

仅半个回合，律师只形式上走访了一下该医院的领导，医院就有些沉不住气了，一把手何院长立即指示手下赵副院长前往我们煤矿说和,赵副院长与我们郑矿长是亲密无间的同学,因为他们曾在省里一起函授过。

郑矿长趁着酒劲儿叫人把我喊到了酒桌上,然后让人左一杯右一杯给我敬酒,只一会工夫就把我整得晕头转向了。郑矿长拍了拍我的肩膀,向众人介绍,这是小木同志,我们矿优秀的工程师,同济矿院毕业的高才生,技术好,工作好,人品更好。赵副院长赶紧离座,要亲自给我敬两杯酒,我摇晃着,瞪着一双血红的眼睛看着他,郑矿长又拍了一下我肩膀,小木,赵院长敬你酒呢!于是,我把打开的眼睑垂下去,"咣当"一口吞下了这杯酒。

郑矿长笑得爽朗,哈——哈——哈,还是小木同志识大体、顾大局,我们现在正建设平安矿井与和谐社会,我们矿与县院还要继续合作,友好合作,精诚合作,亲密合作,来,为我们团结协作的美好前景干杯。咣——咕咚,觥筹交错的声响里充满着融洽与祥和。

你放心,小木,郑矿长又一次拍了我的肩膀,下一步只要有机会,我们一定会考虑你的待遇问题、家属问题、孩子入学问题,一定让你得到荣誉,得到实惠,郑矿长打了个饱嗝,但是,你——一定要服从——单位——安排。

听了郑矿长一席话,我赶紧站起来,用抖动的右手擎起满满一大杯酒,谢谢矿长,谢谢各位领导,我——听领导的,这杯酒我——干了。酒桌上立刻响起了一片友好和谐的掌声和赞誉声。

年底,郑矿长还真实现了他的诺言,将我的家属从乡里安排到矿上干家属工,我荣幸地被矿上评为了"身残志坚先进个人",并得到了单位的嘉奖,煤矿也被县评为扶困助残先进集体、精神文明建设先进单位。

我捧着烫金的大红证书不停地掉眼泪,身体好的时候,尽管我工作很卖力,却从来没得过什么荣誉,领导也从来没考虑过我,现在感觉我特幸福。幸福的源泉,那就是领导的关怀。想着想着,我又破涕为笑,妻子慌忙从厨房里跑进来,怔怔地望着我,愣了一阵儿神,她皱着眉头说,你是不是疯了。

我抬起红红的眼圈呆呆地望着天花板,痴痴地说,我也不知道——谁疯了,反正我——没疯。

## 等　　等

班车正沿着城市的道路行驶,司机的手机响了,打来电话的是本单位一线上的一个小伙子,他说昨天孩子闹了一宿,早上起晚了,距这还有七八百米远。请求师傅开慢些,等他两三分钟,司机就放慢了速度,后来见他没上来,干脆就把车停在了路边,有人不乐意了,说我们不能等他,他一个人耽误我们这么多人的时间,实在是有点说不过去。还有人说,班车的时间是固定的,他为什么来晚,等他时间长了,我们就会晚。有的人甚至把气撒在司机头上,司机的脸涨得通红,也不好争辩什么。正当车上的人们议论纷纷吵闹得不可开交的时候,坐在最后排已退休两年的老工会宋主席说话了,他站起来,双手合十拍了拍巴掌,示意大家安静下来,然后说,大家上班都不容易,特别是一线的同志们,我们应该多包容,给自己一点耐心,等等,给他一些机会,他就不会被落下,我们也不会带着遗憾上路。话没讲完,小伙子汗流满面、气喘吁吁地跑上了车,不停地说,对不起,对不起。车门关了,稍稍提了一下速,继续向前行驶。接着,宋主席给我们讲了一个真实的故事。

那是一九七八年的秋天,我们对越自卫反击战的部队在进驻河口时与敌军发生了遭遇战,由于地形不熟众寡悬殊,我军一个侦察排几乎全部覆没,最后冲出重围的只有一个副排长和一个二十一岁的小兵,这个小兵刚刚从某科技大学毕业才半年,是个信息收集和破译的高手。而我们团正面临着敌情和命令的双重选择,选择进攻方向恰恰取决于侦察的信息。我们在丛林中匍匐了近三个小时,正当大家等得着急的时候,忽然接到了上级命令,要我们团在两小时内赶到河口,并抢占6号高地,部队正要整装待发,团长忽然下达了暂缓行军的命令,他和政委、参谋长又研究了一番地图,说,现在敌人具体分布我们还不十分清楚,贸然出击可能会带来重大损失,可现在派侦察员已经来不及了,让我们再耐心等一等,等等,可能会有意想不到的结果。

五分钟过去了,仍不见侦察排的同志回来,战士们有点按捺不住,负责作战的孔副团长说,团长,已经过去五分钟,还要等吗?团长看了看表,果断地说,等,再等等。七分钟过去了,八分钟过去了,十分钟过去了,还是不见他们的身影,参谋长脸上也布满了愁容,嘴唇不停地翕动,他看团长的眉头蹙成了一个疙瘩,悄声说,下命令吧!团长瞪着血红的眼睛注视着前方,慢慢地松开咬紧的嘴唇,说,等等,再等一分钟。

时间一秒一秒地过去,奇迹终于出现了,小兵架着受伤的副排长出现在同志们的视野中,团长和战士们激动得眼圈都红了,两个哨兵把他们搀扶到团长面前,团长问明了情况,立刻命令部队向距离六号阵地不远的五号阵地进发,出其不意地从背后包抄了敌军一个营,又从侧面对六号阵地进行炮火打击,终于使敌人全线崩溃,撤出战斗。

战后,团长对我们说,"等等"这两个字说出来不容易,在当时是需要多大的勇气和耐心呀!想一想真是有点后怕,如果等不来他们,我们去攻占六号阵地,敌人左右包抄,我们即使不全军覆没,也会损失惨重,无法向战士们和上级交代。

是啊!"等等"这两个字确实需要耐心和时间来保障,可有谁会想到,这个被全团战士等来的小兵,今天却成了军事学院的少将院长,正为我们国家培养着一批又一批的高端军事人才。

## 裂　口

小客车摇摇晃晃在崎岖的山道上慢吞吞地爬着,坐车人的脑袋像针线郎手里的拨浪鼓,前后左右不停地晃动着。但丝毫没有影响几个大男人的好梦,一个身宽体壮、满脸黑胡的男人正起劲地打着鼾声,车儿猛地一停,一条涎水从嘴角挂到了前胸的布衫上。

车门开了,臼窝子小站上来了两男一女,两个男的有二十多岁,打扮得似乎很现代,高个子戴着黑眼镜,蓄着文明胡,脖子上挂着一根小指般粗的黄灿灿的链子,一袭黄发的短个子手里拿着一部新款手机,对着话筒狗×的狗×地骂个不停,三人上来后在车门口停留了一会儿,大个子转了一下身,用眼神把车里的人扫了一遍,然后猛推了一下黄毛头,后边!黄毛头这才不舍地关上手机,眼瞧着屏幕朝里迈着步。

车里的鼾声戛然停了，我惊奇地向后望了望，见黑胡子男人的眼睁得老大，一脸严肃地靠在车座上，搭在肩上的外套也取下来，卷成团儿放在了胸口前。

我正扭头看黑胡子，后座的女人却甜甜地给了我一个微笑，那笑意还挺动人，两只酒窝深深地陷进了白里透红的面颊里。

我发现这是刚才上车的那个女人，她好像比两个男人的年龄稍小一些，应该称呼她女孩。我被她的笑容所感染，不由自主地回敬了她一个笑容。

车子又在颠簸中前行着，车内顿时静了下来。日当正午，有的人又开始闭上眼睛，等待着下一个喧嚣的到来。我有些想瞌睡，于是屁股向后挪了挪，头靠在座背上修身养神。"啊嚏"，一声巨响，惊得我一下子坐起来，这才发现，我的右侧裤兜好像被什么东西挂住了，我伸手一摸，却摸出一只热乎乎的软绵绵的手来。

我捉住它的时候，女孩正拼命地往后抽，我扭头用愤愤的目光瞪着她，她朝我笑了笑，可是，这笑容让我觉得跟上次不一样，似乎有一种羞愧歉疚。

我松开手，女孩一边低着头一边用左手抚摸着她的右腕，右腕有些红，似乎刚才被我扭痛了。

胡子大哥用一双浑浊的大眼看了我一下，又扫了一眼女孩，接着又是一个喷嚏，高个子盯着他看了他足足十秒钟，眼镜后面，可能是比狼还凶恶的目光。

我的钱包没丢，所以也不想再让这个女孩当众丢丑，因为她很年轻，特别是她的笑容里，还没有一丝魔鬼的样子。

到了石堡站，三个人下了车，女孩走在最后，经过我的座位时，她突然丢给我一个纸包，就头也没回地跑下去了。

我迷惑地望着她下车的背影，呆了好一阵儿，车开的时候才想起来打开那个纸包。纸包里裹着一张皱巴的十元钱,上面用眉笔歪歪扭扭地写了几行字:大哥,对不起,这是俺第一次偷东西,以后再也不干了,你逮住了俺,可你又放了俺,俺心里很难受,不知怎么做才能抵俺的错,刘二个坏小子划破了你的裤子,俺赔你十块钱,你自个去补一下吧。

## 负重的母亲

一个下雨的中午,我和妻去医院看望一个病人。探完病人正下楼梯,迎面爬上来一位背孩子的女人,孩子似乎很大也很重,与女人的瘦弱小巧显然不太协调,女人艰难而沉重地向上一步一步地攀着,她每走几步都要停下来扶着栏杆喘口气,混浊的汗珠就顺着乌黑的发髻和绯红的脸颊流下来,浸入她的眼角和深深的嘴唇。

妻子上前帮她,她说不用,就到了。妻子问她为什么不坐电梯,她说人多太挤了,她的孩子脚受伤了,她怕别人挤着了他。

回来的路上,我们望着车外湿漉漉的树木和行人默默无语,我忽然想起去年的中秋,父亲被车撞伤坐在家里动弹不得,收秋所有的农活都落在了母亲身上,远在他乡都市的我们身处在工作和家庭的纷扰中,也只能在周末回去一趟打打帮手。

中秋那天下了班,我和妻儿辗转三趟车赶到了家中,那是一个被小雨湿透的烟雨迷蒙的傍晚,父亲坐在昏暗的过道里打着瞌睡,我的到来没能使他高兴,却是一脸的悲伤和老泪纵横。我酸

楚地抑住自己的眼泪,问母亲去哪了,父亲含着眼泪,说母亲去了村东的坡地,赶着雨没下大,把玉米秸收回家来。

我直奔东坡的田野而来,雨点好像大了许多,针一样凉飕飕地钻进我的脖子里,一种辣辣的痒痒的痛感从衣领深处升起来。

站在田地头,一个庞大的黑影正向着地头蠕动,慢慢地,越来越大,越来越大,我终于看清,那是一堆巨大的玉米秸在移动,而让这玉米秸慢慢移动的,是母亲那两条瘦削羸弱的腿。

我的心里似打翻了五味瓶,一脚踏进田地里迎上去,一边抢母亲肩上的秸捆一边说,娘,天这么晚了,您怎么不回家?母亲见是我,话语里充满欢喜,你怎么来了?我看着天要下雨,下大了玉米秸就会烂在地里,秋冬里就没了柴火烧,能收点是点吧。

我说,我们都来了,来陪你们过节。

母亲显得异常高兴,她把贴在额前的几绺头发用手努力地左右梳拢了一番,并顺便抹了一把脸,头发上的水珠一股脑儿流入脖子里,她忙说,赶紧回家,赶紧回家做饭,别让他们紧等着。

我在前拉着母亲的地排车,母亲哈着腰在后面拥,我的眼泪顺着小村的街道一直流进了家里。

回到家里,妻子已做了几个菜,我们围坐在桌旁,儿子问母亲,奶奶,这么一大车玉米秸你背得动吗?母亲笑了,说,背得动,你看你爷爷这么大个,我都背得动,前几天前村唱大戏,你爷爷爱看,我就用三轮车拉着他,到了就把他背到戏台跟前的藤椅上,天天如此,七天我们去了六回。

看着母亲那弯新月似的脊背,我问,你不觉得这样太累了吗?母亲轻轻地叹了一声,谁说不累,可能是年纪大了,老是歇不过来,我记得你从小就多病,村里没卫生所,都是我背你到七八里外的小医院去打针,有时一天还要跑上两趟,那时从来没觉得累过,可现在老了不中用了,腿脚都不行了,膝关节痛得站不起来,但只要你爸高兴,累点就累点吧。

爸端着酒杯的手突然抖了一下,几滴浊酒敲响了他跟前的白瓷盘。满脸绯色的父亲抖动着筷子去夹花生米,可是这些花生米儿好像故意逗他,每次都能从他筷子的端缝里逃脱。

又是一个下雨天的小学门口,一位年轻的母亲将身上的雨衣脱下裹在儿子身上,然后蹲下身将孩子背起来,穿过熙攘的街市走向回家的路,儿子忽然把头伸出来问,妈妈,妈妈,你天天背我,累不累?妈妈转头朝他笑了笑,傻孩子,妈妈背着你永远都不累。

## 干裂的馒头花

在绿柳抽芽的八岁年龄,我因为学习好,二年级就早早地加入了少先队,鲜艳的红领巾把未入队的同学眼馋得不得了。一天下午的放学路上,同学王二柱突然扑上来,把我压倒在草丛里,拽下我的红领巾向村子方向飞奔而去。我顾不得膝盖被摔伤的疼痛,拼命地追赶他,一边追一边还骂:你这个混蛋,快还给我。可是,跑着跑着,他忽然停下来,眼睛直直地注视着前方,我终于追上来,从他手中夺下了我的红领巾,就在那一刹那,一头牛凶猛地向我跑来,我一点反应也没有,就被它抛向了天空。

当我醒来的时候,静静地躺在了县医院的病房里,手和脚被绑在床栏上,鼻子、嘴和身上插了好几条管子,还有心电图横七竖八的拉线,我觉不出自己有多痛,脑袋和身子都是木木的,就像一只被缚在蜘蛛网上垂死的苍蝇,已没有了任何的反抗能力,任由医生摆弄和收拾。

三天滴水未进,肚子里好像在打鼓,咚咚地敲个没完,小便快活地从两个小管儿出去,医生榆树皮一样的脸终于笑了,还把大手放在我的嫩嫩的小脸蛋上摸了一把,只说了个"好",就是不提让我吃饭的事,真是太没人情味,一点爱心都没有,简直坏透了。

下午,我这间单独享用的病房里住进了一位不速之客——一个刚满五岁、头又大又圆、扣着茶壶盖发髻的小男孩。小孩儿穿着带补丁的印花衣裳,膝盖和胳膊肘的地方还破了两个洞洞,只是他那双大眼睛特亮,黑黑的圆圆的,不停地在转,他跪在病床上,一刻不停地注视着我,好像很惊奇:这个小哥哥为什么插这么多管子呢?

中午吃饭的时候,妈妈出去买饭了。孩子的父亲从外边进来,一个全身穿黑衣服的壮汉,脸和手都黑黝黝的,一脸毛胡子又黑又长,说话也粗声大气,好像电影里的"黑旋风"李逵。这是不是小弟弟的爸爸,他们长得一点儿都不像,瞧他那么凶,小弟弟那么小那么瘦,会不会老受欺负。壮汉咧开嘴朝我憨憨地笑笑,然后用两只大手笨拙地解床头上的小包袱,摸索了半天,才从里边摸出一个干裂的馒头出来,然后递给小孩:娃,来,吃饭了,你吃着,爸给你买碗汤去。他说着迈开大步走了出去。

孩子接过馒头,一边玩一边很高兴地把裂开的馒头放进嘴里,吃一口,看我一眼,像是在馋我,我真的很想吃那干裂的馒头,它肯定很香很甜。我一遍一遍地咽唾液,咽了又来,来了又咽,就像山中的喷泉一个劲儿往上涌。

不一会儿,馒头已被小弟弟吃了一半,他用大眼睛注视了我好一会儿,发现我躺在床上还看他,他慢慢地从床上爬下来,赤着小脚丫走向我,一步、两步、三步,我高兴得直想坐起来。他终于走到我床边,瞪大眼睛看了看我身上的管子,终于鼓足气怯怯地说:小哥哥,你为什么不吃饭,你饿不? 我赶紧点头,小弟弟就从自己啃过的馒头上揪了一小块,踮起脚丫伸长又瘦又黑的小手送进我的嘴里,我高兴坏了,马上张开嘴,有滋有味地慢慢地咂着这小块的馒头,早已忘却了身上的疼痛和不适,我感觉它真是太香太好吃了,我怎么从来都没吃过这么好吃的东西,我甚至怀疑妈妈偏心眼,把这么好吃的东西都给了妹妹。

我马上就要享受第二块馒头时,忽然他爸和我的妈妈一前一后进了病房,妈妈大喝一声,不要给他东西吃,他不能吃。一句话未说完,小弟弟吓得手一抖,馒头掉进了我的脖子里,小弟弟脸色发白,小眼睛睁得又大又圆。他爸爸粗鲁地一把把他拎起来放到他病床上,张开巴掌不轻不重地照他小屁股抡了一下,小孩未哭,只是用红红的哀怨的眼睛趴在枕头上偷偷看我,我看了看他,又望了望滚在床底下的馒头,心里觉得我欠了他的,等我好了一定拿最好的东西给他吃。

孩子得的是嗜咯细胞瘤,要做手术。他的爸爸费了好大劲儿才凑足了手术费。小孩是被长胡子爸爸抱着去手术室的,可是过了好长好长时间,只有长胡子爸爸红着眼耷拉着脑袋走进来,他慢慢地把小孩的东西一件一件放进那满是窟窿的印花包袱里,一边拾掇一边用又硬又脏的袖筒抹鼻涕眼泪,但泪和鼻涕还是稀稀拉拉、无声无息地嘀嗒在病床的白被单上。

我真的不明白他为什么哭,还哭得那样地伤心,为什么他儿子做手术他不待在儿子身边,却在这儿哭。我的大脑空空的,只记得他走出屋子的时候脚沉重得似乎迈不开。

后来是妈妈告诉我这件事的,我听后"哇"地大哭起来,我说:小弟弟不能死,他不会死的,肯定是他爸爸不要他。呜——哇——

也不知道是吃过他的馒头花,还是因为什么,反正我哭得挺伤心,妈妈怎么劝也劝不好,护士阿姨过来恐吓我:别哭了,再哭,就给你打针。她一席话把我的哭声给吓了回去,我最怕打针,从小多病多灾的我两瓣屁股蛋已被打出了两个对称的深窝,与脸上的酒窝一前一后相互呼应。

我伤心了好几天,饭也不想吃了,吃什么总觉得不好吃,我就想起了小弟弟的馒头,那个香甜啊!做梦都想再咂摸一下。

我终于能下床了,下床后的第一件事,就是钻到对面的床底下找出那个干裂的剩馒头,那半块干馒头干裂得像老爷爷的脸,上面有小弟弟牙齿的咬痕,我揪下一小块馒头放入嘴中咂了咂,依旧是那么的香甜。

后来,我把这块馒头带回了家,偷偷藏在一个小木盒里,时不时拿出来看一看,再后来,上了中学离开了家,就把它埋在家中的石榴树下。

我想,用它滋养的石榴,一定跟它的馒头一样又香又甜。

# 狗　　蛋

狗蛋,三十几岁,壮实,为人豪爽。

狗蛋是个苦命的孩子,四岁就没了娘,是爹将他一把屎一把尿地养大的,狗蛋不争气,一年级没读完就投身到轰轰烈烈的"文化大革命"之中了。

在狗蛋爷爷那辈,便与同族本家因争坟地结下了血海深仇。狗蛋四岁时,族家添丁起乳名"小狗",以示在气势上压倒对方,不免又是一场血战,以狗蛋他娘住院而偃旗息鼓。

由于处于"革命"时期,也没有娘的呵护,狗蛋的少年时代是在饥饿与寒冷中度过的,唯有夏天,十几岁还光着那黑不溜秋的屁股到处转悠,邻居大娘实在看不下去,就把自家儿子的旧裤头套在他身上,这才算有了块遮羞布。

在狗蛋爹没黑没白的操持下,狗蛋二十几岁时,小日子总算有了点起色,三间砖瓦房硬是盖了起来,可狗蛋懒散惯了,整日不是游荡,就是抽烟喝酒。爹就骂,操!狗日的,不学点好,看你狗日的还娶媳妇不?狗蛋一瞪牛眼,怨谁?你——不花——花钱,谁给——给俺说——媳妇,俺——这下边早——早难受着呢!

狗蛋爹一想也是,就求东家拜西家求人给儿子张罗媳妇,可谁家愿把自己的亲闺女嫁到这个没有娘的两条光棍家中来受罪?因为春种秋收地忙着,狗蛋已二十八岁了,老汉好歹给儿子撮合了一个不带孩子的"二茬",模样蛮俊,整日里把狗蛋乐得合不拢嘴,出力干活倒也增添了不少劲头儿,狗蛋的爹也似乎宽心了许多。

狗蛋豪爽,常帮济邻居,尤对小孩子特好,有一次见我,说,喊叔,给你糖吃。我就叫一声,狗蛋叔。老爸一听,没大没小,啥话。狗蛋嘿嘿一笑,没事,没事,我爱听。说着从兜里掏出好多糖,邻居孩子都这样称呼他。

可好境不长,狗蛋他爹——这个支撑门户的柱子终于倒下了。爹的过世,给这个只知道吃喝憨干的家伙以沉重打击,庄稼地里的苗儿他怎么也侍弄不惯,媳妇不愿下地,使他喝酒必醉,醉必打老婆,这个二茬的老婆也不甘其打,扔给他一个三岁的儿子卷走家当逃之夭夭了。

于是,三十年前的一幕又在他家中轮回,孩子七岁上了学,喝酒已成了狗蛋的一日三餐,酒后,儿子就成了他唯一的出气筒。儿子有一次考试不及格,他竟然用钳子拧掉了孩子的一个指甲。邻居们说,这个混账狗日的,早晚得报应!

除夕夜,酩酊大醉的狗蛋再也没能上床,独自僵硬在自家的床腿边。

"小狗蛋"放声号哭,哭声揪扯着邻居们的心,也撕碎了天空中的片片乌云,雪花漫天飞舞。

# 过　　客

　　公共汽车一颠一簸地在崎岖的山道上急速行驶,车上的男女老少把头缩进厚厚的衣领里,闭着眼睛随着车摇而东倒西歪。

　　突然,司机一个急刹车,前排穿黑棉衣的老头一下子拱到座位下面,用双肘撑住车底,还没爬起来就骂:龟儿子,怎么开的车,想把老头摔死?后面一个七八岁的娃娃的头磕在前排车座上,红红的,起了一个红枣大小的包。孩子十分委屈地没命地号啕,孩子的妈怒不可遏:你会开车吗?赶快送我们上医院,碰坏了孩子跟你没完。

　　车上的人们七嘴八舌地数落着司机的不是,司机从慌乱和谩骂中清醒过来,转身对着车上的人群,吵,吵什么吵!没看到前面有人一个劲地招手,好像有什么急事,我不停能行吗?人们这才像企鹅似的伸出脖子贴近窗口,只见一个人迈着碎步急匆匆地奔向车门,门"咣当"一声,上来一个穿着制服包裹在棉袄里的人,人们的目光下了命令似的看她,一个女人,准确地说是一位姑娘,肥大的草绿制服并没有淹没她的窈窕身姿,可她妩媚中略显疲惫,脸上写满憔悴。随着一股强烈的冷风吹进,门又"嘭"的一声关闭了,小姑娘杏眼一瞟,选择了一个与司机较近的位置就座,小包胸前一搂,头缩进衣领,两只眼睛一眯昏昏沉沉地打起了瞌睡。

　　司机是一个二十多岁的小伙,转身偷偷地窥视了一下制服姑娘,找碴儿跟她唠嗑:领导怎么才下班呢?辛苦辛苦!小姑娘头

也不抬地"嗯"了一声,睫毛像长长的茅草盖上了两口深深的黑黑的幽井样的眼睛。司机小伙东一句西一句地说,制服姑娘有一搭没一搭地应着。

这下可急坏了卖票的女人,卖票女人四十多岁,天生的一副高尖嗓门,在那儿不停地吆喝:王村站到了,要下车的拿好东西做好准备,谁在王村下,抓紧,抓紧。一会儿又喊:没买票的赶紧买票,买了的拿出来看一下,来来来,从你开始。

票卖到了制服姑娘的跟前,她仍在睡觉。卖票女人不耐烦了,嘀咕:人长得挺受看,怎么就不知道买票呢?

小伙一边开车一边扭了一下头,有些反感地说,妈,你怎么谁的钱都要呢?她的票给免了。卖票女人用怪怪的目光瞪了小伙子一下,气哼哼地说,免免免,免你个头,全免了让我们全家喝西北风去。

小伙子有些激动,忽然踩了刹车,车头向前晃了两晃猛然停下了。有几个乘客说,免就免了,何必生气呢!走吧走吧。

争吵声惊醒了制服姑娘,她睁开惺忪而又发红的眼睛,长睫毛忽闪了两下,看见卖票女人正端着票夹站在自己跟前,她不好意思地笑了笑,说,对不起,昨天上夜班,我一下睡着了。她说着掏出五元钱递给了卖票女人,女人刚要接钱,却被司机小伙一手夺下,说,不用了,不用了,哪能要您的钱。

制服姑娘笑了:怎么不能要?大家坐车都买票,我又怎么能特殊呢?卖票女人也不再坚持了,生气地说,算了算了,这是我们家祖宗,他说不买就不买。她说完转身坐到最后排去了。

车到了站,制服姑娘朝司机小伙笑了笑,说,再见。然后她就下了车。卖票女人说,可别说再见,再见了面俺也不拉你。前排的一位大爷说,你也不要冤枉人家,我看见那姑娘把钱放到司机挂着的衣服兜里啦。司机小伙赶忙转过身把座位后的外套取下来,伸手一摸,一张纸币,崭新的五元。

小伙子皱起了眉头,生气地说,妈,您真够糊涂的,去年冬天,咱的车坏在路上,还是人家带着人来给咱抢修的,一直修到晚上十点多钟,连口水也没喝咱的,你怎么都忘了呢?

卖票女人登时呆住了,她这才想起,就是去年的这个时候,晚上七点多了,风卷雪花儿猛砸着人的脸。自家的客车却坏在前不着村后不靠店的路上,他们拨通了交通站的电话,就是这个穿制服的姑娘带着人赶去的。看着她站在风雪中瑟瑟发抖的样子,卖票女人还给她倒了一杯白开水,可她没喝,却把杯子递给了在车下修车的师傅。

卖票女人突然疯了似的跑下车,她睁大眼睛,在人群中努力地搜索着,可看到的,全都是行路人匆匆忙忙的背影。

# 回　　家

父亲说,大伯回家了。

爷爷临走前,一直在念叨着他的大儿子,父亲唯一的哥哥,那就是我从未谋面的大伯。

大伯是十八岁那年雄赳赳气昂昂站在大解放上去的朝鲜,而且是壮士一去不复返,人间处处有青山,他被朝鲜人民友好地装进一个大陶罐里,埋在了朝鲜的青山翠柏间,跟他埋在一起的还有一枚不为人知的"圆大头"。

说起"圆大头",父亲的眼圈红了,他幽幽地说,提起那故事让人心里难受着呢,说着说着,父亲的声音越来越粗糙,磨得我心里火烧火燎地痛。

那还得从1927年那年说起,军阀混战,灾荒四起,民不聊生,爷爷被军阀拉了壮丁,要去一个荒山上去修一座什么工事,他们见穿着大头鞋披着黄军服的一群如狼似虎的兵痞又是抢粮,又是抢牲口还抢女人,知道凶多吉少,都不愿走,这些兵就开枪,正在这时,一大队人马冲了过来,缴了那帮兵痞的枪械,给抓来的人,每人一块大洋,遣散回家。爷爷当时跟做梦一样,他手里攥着银圆,回到家睡了两天两夜,醒来后把他被抓的经过忘了,唯独没忘记的就是救他的那些人都穿着粗布军装,戴着红五星八角帽。后来向人打听才知道那是红军。父亲说,爷爷一说起这事儿都是老泪纵横,那时候爷爷才十七,可他从小就得了哮喘,当兵对他来说似乎有些遥远。

一晃又是十几年过去,三十多岁的爷爷才和一个逃荒来的山西女人结成了伴儿,先后生了两个儿子一个闺女,二十年来,尽管日子过得穷困潦倒,饥寒交迫,可爷爷一直珍藏着那块银圆,生活再苦再难都不愿去动它。有一次被奶奶偷出去换了半袋米回来,结果爷爷动了真气,奶奶差一点被他打死,并把半袋米送回去换回了银圆。好歹熬到了新中国成立,日子刚好过了起来,十七岁的大伯被爷爷送到了朝鲜去打美国佬。奶奶又撕又扯不让大儿去,结果又被爷爷痛揍了一顿,爷爷把那枚银圆一同送过了鸭绿江。

刚开始大伯还不断来信,后来就没了音讯,直到大军"雄赳赳气昂昂"地回国,也没听到大伯到底去了什么地方。

根据部队送来的战报确认,大伯牺牲了,成了烈士,上边给他发了一张烈士证和三十元补助,连大伯的尸体遗物安置在哪儿都无从知道。

随后,奶奶和爷爷在牵挂和忧郁里相继去世,爷爷临死前拉住父亲的手说,老二,我这辈子最对不起的人就是你娘,我把她的大儿子给弄没了,到死也没见着,她死了都恨着我呢!你记着,哪天你找到你大哥了,可别忘了,到坟上告诉我和你娘一声,让她好在九泉之下能闭眼。

爹带着父亲的遗嘱等了整整65年,65年也是爷爷死时的岁数。65年后,中国的伊尔-76大飞机在歼-11的护卫下接回来盖着国旗的大伯。

大伯的骨灰被安放在了吉林的志愿军烈士陵园。父亲满眼含泪从仪兵的手里接过了一个包裹,里面有大伯的钢笔、军壶、一双变了形的大头鞋,一枚勋章,两枚大口径炮皮等遗物,最珍贵的还是那枚被爷爷缝进衣服夹缝里刻着大伯名字的"圆大头"。

父亲抱着大伯的遗物双臂绷紧步履蹒跚,像怀抱着大伯的躯体,他猛地跪倒在爷爷奶奶的坟前,大嘴一咧:爹、娘,我哥——回来了,您的大儿子——回家了!

柳条婆婆,发出沙沙的声响,像爷爷奶奶依肩而拥在低声啜泣。

# 静静的小河

村前有一条弯弯的小河,春天水流潺潺,杨柳成荫,宛若百般柔情的婉约少女,花香入梦,鸟语醉人,实为村里人向往的好去处,可到仲夏涨水时节,水漫堤岸,滔滔如蛟虎,让人兴叹而敬畏。

来四就是在下雨天被洪水卷走的,可恨又可怜的来四是我们村里霸道的孩子,他乌眉大眼,一腮隆肉,嘴大舌黄,一说话还流涎水。村里的孩子不愿跟他玩,老躲着他,十二三岁了不去上学,老光着腚乱跑,小鸡鸡耷得像个铃铛,弄得满街的女娃们见了赶紧低下头,不敢正眼瞧他。四邻八舍的男人女人们也不乐意了,对来四爹说,老哥呀!你得管管四呀!这么大个人了,不能老光着腚,弄得孩子不敢上街,算个啥哟。做老师的二爷从上边的眼镜缝里直瞅着来四那晃动的物件,"咳"地吐了一口痰,摇着头说,有伤风气,成何体统呢!说完又摇头,说得来四爹的脸和脖子又红又涨,像一头正低着头贪婪饮水的黄牛。

尽管如此,可是有什么办法,老实木讷的来四爹娶了个右手有残疾的女人,拿不得针线,就连盛饭端尿壶都是来四爹做,老婆子尽管做不了什么,可脾气大得很,稍有不顺意,便把老来的祖宗八代骂个狗血喷头,可老来又有什么法子呢?自己的爹娘过世得早,自己拉着要饭棍跟着二叔下了关东,好不容易讨来这么一个能传宗接代的机器,而且还高效能地在清贫岁月里给来家一口气屙出四个崽子来,那贡献不比大寨人民在石头上种出粮食来差。

最起码老来的二叔是这么认为的。二叔说,来呀!你总算续了咱来家的香火了呀!你那个婆娘可是咱来家的功臣,可要好生待她,女人就像庄稼地,你把她侍弄得好了,说不定年年都有收成。

老来的叔死后,老来的心思就从这块庄稼地上转移到了村后的那片苍凉的黄土地上,不这样不行啊!因为四个崽子和丰腴的老婆都张开嘴巴等着他喂食,三十出头的他开始抽烟、叹息、白头、弯腰。这种又苦又贫的日子,来四十二三岁光着腚满街跑就一点也不稀罕了。

面对众人们的谴责和女人们的谩骂,脸皮再厚的老来也是受不住的,他从牙缝里终于挤出了五毛钱,在集市上给来四买了一条光鲜鲜的裤衩,总算顾上了来四的屁股和自己的脸面。

也就是这个夏天,下了两天两夜暴雨的小河涨水了,把庄稼和村庄淹得一塌糊涂。水沿着沟渠回到了村子里,大人们拎着水桶泥盆向外泼水,孩子们骑到矮墙上手舞足蹈地又叫又唱,来四的欢叫声被娘用铁锨打落入水中,然后来四娘拎起趴在水中的来四破口大骂:也不看看是什么时候,水快要冲塌你的小鳖窝了,还在那儿欢腾,欢腾啥呢?

雨停了,水退了,太阳露出了半张脸,来四就带领一群孩子下了河,小河里的水依旧满满的,哗哗地打着转儿涌动着,转动的水里时不时冒露着西瓜、苹果、草帽、鞋子,甚至有时还能见到一两件漂亮的衣服。

来四和小伙伴们眼馋地望着它们,有的大人下水了,捞上来一点点的"战利品",来四招呼刘芽子:快,下河抢东西。刘芽子不敢下,胆怯地赤着脚丫站在水边的泥地上呆呆地向河里张望。可来四已禁不住那些东西的诱惑,一下就扑腾到了河里,他狗刨了好一阵子,终于抱住了一个浑圆的西瓜,可抱住又丢,丢了又去抱,折腾了好几下,西瓜突地不见了,来四也不见了。几个小伙伴们都傻了,望着河水足足有好几分钟,五岁的画画才奶声奶气地问:来四哥怎么还不把西瓜抱上来呢?刘芽子这才清醒过来,赶紧喊叫,可等周边的人赶过来打捞,连来四的一根头发也没摸到。

来四的娘似乎不再凶了,老来更像个犯人一样整天低头不语,日日除了捣弄地里的几棵庄稼苗,就是牵着羊儿背着荆条杈儿去河边转悠。行人见他老是望着小河发呆,甚至天晚了仍坐在静寥的小河边抽烟,向日葵牌的老卷烟常常呛得他泪流满面。过路的女人说,这人怎么跟尊神似的,来时这般坐着,走时还是这样,一动也没有动,是不是河里什么东西勾走了他的魂啊?男的说,别瞎说,你不认得那是后村的老来头,前些日子下大雨,他的儿子给冲没了。女人赶紧捂上嘴,然后长长地叹了口气,这鬼河道,净吃人哩,多让人害怕。

老来的表现让老婆一百个不满意,她把丧子的悲愤一股脑儿全撒到老来身上,不是嫌他不去给庄稼浇水,就是嫌他不去给姜草儿遮凉。一天到晚背着个破杈子乱溜,刚四十腰就弯成了麻虾,看人家东邻西舍的男人都忙活着挣钱,我怎么就眼睁着嫁了你这么个没用的人哟!最后还蛮有韵调地干号几声,然后抹把鼻涕回屋睡了大觉。

老婆的怒骂让老来去河边的次数少了,但他还要去,每逢大雨倾盆的日子,他总是戴上草帽,穿着蓑衣在被水漫过的小桥边蹲上一天,只要有人过河,他都是木木地站起来眼神直直地看着人家,弄得过河的人心里毛毛的。时间长了,习以为常的人们总是向他投来友好的目光。如果哪一天他不在,过桥的人们总是感觉有些不踏实,特别是村里的那些小学生的家长们,他们只要搭眼望见蹲在桥头的老来,那种感觉是极为轻松和放心的,因为老来的那种专注得连眼皮都不眨一下的神情,会让世上所有的人都信任他。

每当农忙的时候,老来总是要被老婆骂上三五回,可村里老少爷们儿一搭手,季就收了,老婆找到了那种被尊重的感觉,也就对老来网开一面了。

日子一晃八年过去,村里干部被新换届的乡党委书记批了一通,说村里八百多号人却让一个老人整天守桥护人不太像话,抓紧修一座新桥,以保长久安全。村里决定和前村联合捐款,修一座像样的石桥。一向很抠的老来一下子拿出了六百多块钱,那可是他多年捡破烂攒下的,为这,还跟大儿媳妇干了一仗。新桥没用两个月就竣工了,像模像样,偌大的桥拱像一枚新月俯卧在静静的小河上,桥上车水马龙,欢笑声一片,给小村人的感觉是幸福平安,换了人间一样的美好。

自从修了桥,小河里的水再也没有涨过,就是丰水的夏季桥墩也没有淹没过,这让小盘村的人很失望,最失望的莫过于老来了,没事干的老来病了,病得不省人事,没多久便驾鹤西去了,村人集体捐了三千多块钱为老来办了后事。村支书说,给这桥起个名吧,叫它"盘来桥"怎么样?村民们都说行,老来是咱村里的恩人,就让后辈们都记着他吧。

从那时起,村里就有了这座盘来桥,一九八二年春天,上面下了个文件,将小盘村正式命名为盘来村。

# 开　　窍

挤巴本姓胡,人称半仙,因其左眼睫毛出奇的长,不停地挤巴眼,其爹胡二就给他起了个名字叫"胡挤巴"。

胡挤巴八岁上学,也就沿用了爹给他起的名字,胡挤巴人长得怪,可想问题也怪,常常突发奇想,让老师和同学们始料不及而啼笑皆非。三年级没上完,老师跟挤巴娘说,这孩子不是上学的料,该干什么干什么吧。

胡挤巴天生不爱学习,考试基本没及格过,老师和同学都喊他"二傻子"。胡二就抓起鞋底对他猛揍。在挤巴十四岁那年,终于不甘其爹的肆虐,足底抹油——溜了。

这下可把挤巴爹娘吓坏了,到处找,可找了一年多也没找到,好在挤巴还有一弟一妹。胡二恶狠狠地骂:"这个没良心的不开窍的畜生,这还不都是为他好,跑就别回,死在外面算了。"

还不到两个年头,挤巴衣着整齐地回来了,说要在家给人看宅基风水、阴阳五行、择日看相。胡二问他啥都不说,气得直吹胡子瞪眼,认为儿子不知是中了哪门子邪气,好歹回来了,随他折腾去吧。

胡挤巴的"生意"一开张,还真引来不少人,都说他看得还真准,谁家门朝哪,谁家的坟在什么方向,谁家家里摆了什么东西,让他说得神乎其神,这个"四旧分子"终于让"红卫兵"抓了个正着,把胡二父子俩一起抓到了县里,"红卫兵"连长向挤巴要钱,挤巴直说没有,后来胡二被打死了。

挤巴被放了回来,可他一句话也不说,一滴泪也未掉,村里人说,挤巴成了仙,仙人是不会流泪的。

农村分了地,落实政策,农民的日子好过了起来,挤巴的"工作"也由"地下"转入公开,挤巴家门庭若市,车水马龙,就连那些吃饱喝足没事干的城里公子富婆,大款小姐,甚至是政府官员,也不辞劳苦下乡一回,他们不是情场失意、官场失宠,就是诸事不顺、腐败被查、身体欠佳,求仙师荫庇,寻破解之法。

每当此时,胡挤巴都是长睫毛一展,眼一眨巴,随手写个"黄符",或悠悠几句透心话,就把个"送钱人"打发得欢天喜地,眉开眼笑了。

这一天,一个臃肿得像桶样的女人来求挤巴看相,女人说,近两月来总觉得身体不佳,夫妻不和,凡事不顺,男人老是嫌她。挤巴故作姿态地看了看女人的手,又看了看女人的眼,脱口而出,你男人在外有女人。胖女人一听,"腾"地站了起来,当着屋内外众多的人吼道:这个王八蛋,老娘我总觉得不对劲儿,原来他在外搞破鞋,回去我非宰了他不可。说着气冲冲地头也不回地走了。

胡挤巴还自鸣得意地在那儿摇头晃脑,却不知灾难又一次降临在他的头上。

下午三点时分,从外边进来几个穿警服的小青年,不由分说地把他从座位上扯了下来,手拷一拷,塞进警车就拉走了。

原来,上午来的肥婆乃是本乡派出所郑所长的老婆,所长郑大奎可是乡里赫赫有名的人物,人如其名,高大魁梧,雄性十足,一副凶像,十六岁就进了乡派出所,摸爬滚打了十几年,好歹"混"了个所长,还全靠了媳妇在县里某局当领导的"二大爷"。

老婆长到了三十多岁,又肥又壮,早已没有了一点女人味儿,可碍着二大爷的面子,他郑大奎也不敢胡来。可后来实在憋不住了,就与石子窝村开小卖部的孙寡妇勾搭上了,孙寡妇长得俊俏可人,谁见谁爱,她看上郑大奎原因有两点:一是郑大奎雄性十足,威勇强壮,比她那个早死的"病鸡"前夫强得没谱,使她真正享受到了做女人的快活;更重要的一点,郑大奎手里握有重权,是山乡的"土皇帝",靠上他自己不受欺负,不缴税,不用赊账甚至不用进货就有人送东西上门,村里上上下下还都给她赔笑脸儿,这日子她做梦都乐。为"所长"献献身,也就是那么叉叉腿,撅撅腚,根本不值得一提了。

郑大奎在老婆的河东狮吼下始终没有招认,胖女人就把这"风流事"口无遮拦地汇报给了她二大爷,郑大奎被二大爷没头盖脸地训骂了一顿,心里很是憋屈和窝火。

郑所长决定要好好教训一下胡挤巴,这个满嘴喷粪、瞎胡扯淡的狗头早该收拾了,搞封建迷信不说,还不向派出所交治安费,竟然又把火点到了"马王爷"头上来,郑大奎审都不审,先命人先在胡挤巴的屁股上、腿上和嘴上噼里啪啦地抡了几十棍,把个挤巴打得口鼻流血,晕头转向。烂泥似的歪在墙角里。

胡挤巴的表妹夫是乡里计生办副主任,家里通过表妹夫找到了郑大奎。郑大奎卖了个人情,让计生办副主任好好教育教育他。表妹夫训斥挤巴说,你也真是个猪脑子,不看这都什么年代了,还在那睁着眼儿胡说八道,做这种"生意"也不知道上下打点打点,那派出所是你这种人能惹的吗?不仅不能,你还得经常孝敬孝敬人家才是。

最后,计生办副主任跷起二郎腿,呷了口茶,卖着官腔说,我教你几句话,记住了:不该管的不管,不该做的不做,不该问的不问,不该说的不说。

胡挤巴把"表妹夫"的"处世经"找个书法家写了,用镜框子镶上,恭恭敬敬地挂在了自己的"办公室"里,心想:还是这当干部的有水平,把这么复杂的事说得这么透彻明了,我活到今天这个分上,才算有点儿开窍了。

腊月二十,郑大奎晚上喝得醉醺醺的回到家,见胖老婆正在那里美滋滋地点钱,郑大奎睁大眼问,哪来的?老婆说,是胡半仙送的,两千块呢,还说请郑所长多多关照,每年都会有孝敬。郑大奎点上一支烟,深吸一口,哼了一声说,日他娘,我郑大奎还因祸得福了,王乡长整天讲,讲什么团结群众,利益互动。我就是不明白,咱们堂堂国家干部,怎么能跟农民的利益互动呢?叫你这个三八婆一闹腾,咳!我还真彻底整明白了不是,高,实在是高!乡长就是乡长,想得就是比咱长远。

# 客　　户

2012年春天,我去泉城办一件事。

刚下车,一个个头不高,一脸微笑的小伙子迎上来说,同志,请问你去哪里?坐我的车吧。一口地道的泉城郊区口音。我戒备地摇了摇头,心想,无证黑车,主动拉客,肯定又是一骗子。小伙子见我不搭理他,又紧跟了几步,一脸诚恳地说,大哥,您放心,我肯定比别人要的钱少。我这才停下来仔细地打量他,小伙子估摸二十四五岁,小脸消瘦白净,眼睛透着期待和诚实,一身绿色的士兵服好像打动了我的心,也许,他曾经是一名军人。

他见我默许,很欢快地把我重重的箱子提上车,我坐上了他那辆只有三成新的夏利,问,到经十路多少钱?他考虑了一下,说,你打的得二十块钱,我就收你十五吧。

我悬着的心一下子放下来,倒觉得自己有些太世故,心眼儿缩窄得就像忧花伤水的林妹妹。

小伙子十分健谈,我问他家在哪里,原来做什么的。正如我所猜测,他当了五年兵,一年前退的伍,家住在北郊,没找到工作,先买辆二手车挣些钱。我又问他:你为什么不买一辆有手续的面的?小伙子皱了一下眉头叹了口气,说,买一辆要三四十万,家里条件不宽裕,等以后再说把。我不愿再触动他那根敏感而伤感的神经,沉默了下来。过了立交桥,我说,到了。他说,你带着这么重的行李,没有人接你吗?我说,没事,从这个小巷进去就到了。他说,我送到你目的地吧。我说,算了。他说,没事,我不会多要钱的。

目的地到了,他下车帮我把行李搬下来。我赶紧掏出十五块钱给他,他还不好意思地客气了一番,然后掏出了一张软软的纸片给我,说,师傅,这是我的车号、电话和名字,如果下次再来泉城,还用我的车好吗?我看着这张纸做的名片,认真地点了点头。

无独有偶,腊月二十五的下午六点,天阴沉沉地下着小雪,我又一次因事来到泉城。风搅雪飞的冬晚,泉城依然华灯绽放,热闹非凡。可是,我热情地向一辆又一辆的的士招手,二十分钟过去,却是车车满载。情急之中,我忽然想起了这个小伙子和他的名片,于是,马上就拨通了他的手机。

刚接通,那边传来了小伙子浓重的济南口音:请问你找谁?我说你是李志强师傅吗?我是你的一个客户,曾经坐过你的车,我刚从外地过来,天晚了还下着雪,打不上车,你能过来接我一下

吗？电话那边停顿了一会儿,然后说,好吧,请告诉我您在哪？我马上赶过去。我说我在火车站大厅门口。他说,你在那别动,别关手机,十五分钟后我赶到那里。

十五分钟后,我终于接到了他的一个电话,接着一辆黑色的桑塔纳停在了我不远的地方,一个衣着整洁的中年人走到我跟前,和气地说,你是那位姓敬的先生吗？我说我就是。他说,那好,请上车吧。我说我不太认识你。他说,你该认识我们李总吧,是他让我来接你的。他正接待南方来的一个客户,不能亲自过来,还让我代他表达对您的歉意。并按他的吩咐把你送到你要去的地方。然后他把一张精美的名片递给我,片子上赫然写着的××公司李志强总经理。

开车的师傅说,我姓乐,是李总的司机,他说你曾是他的一个客户,是你帮他挣到创业的第一笔钱的。

我坐在宽敞的车中,聆听着车外的雪水声和沙沙的车轮声,车内的温暖驱散了我心中的寒冷和孤独,渐渐地,我想瞌睡。

宾馆终于到了,乐师傅下来帮我打开车门,又从前边拿出了一个红色的大信封,说,您好,敬先生,我们李总说,快过年了,他给每位新老朋友都准备了一份小小的礼物,一副春联,望您笑纳,以后有事给他打电话。

我有些不好意思,说,代我谢谢李总,真是太麻烦你们了。乐师傅笑了笑说,没关系,再见。说完,小车消失在白雪茫茫的夜色里。

进了宾舍里,我脸也没洗,饭也没顾吃,就把李总送的对联展开放在床上,上联:德立而百善从;下联:诚信而众业兴。横批:诺大于天。

# 进 城

　　王老汉起了个大早,他要进城去卖自家那棵蜜枣树上下来的甜果儿,攒上几个闲钱,好为自个上初一的宝贝孙子买辆新自行车。

　　他估摸着这筐枣儿至少能卖上个三十多块钱,加上存的一百多,基本上已经够了,王老汉背着竹筐走在沟旁,远处黑影婆娑,仿佛看见一辆崭新的自行车就停放在沟的尽头,于是他加快了脚步,似乎自己年轻了好几岁。

　　沟的尽头是一条弯弯曲曲的小公路,足有五米宽,乡里通往县城的破中巴就经常拖着横七竖八的人群、乱七八糟的货物和七零八落的自行车疲惫地爬行在这条乡间小道上,等车的人们全然不顾它的气喘和哀鸣,依然奋不顾身冲上来,从窗子和门里挤进它满是溃疡的病胃里。

　　王老汉等了将近半小时,终于等来了这辆"老巴",尽管车破,可它是全乡唯一的一辆班车,是全乡老百姓眼中的功臣,没有它,到县城三十多里的山坡路,够他们脚蹬手刨半天的,更谈不上托点东西带点货,那简直是痴心妄想了。王老汉用了两元的代价,把自己和一筐枣儿带到了县城。

　　太阳刚露出了个红脸,城里的人们就穿着裤头背心在马路上疯跑,老头老太双脚站在铁踏板上来回乱晃,王老汉羡慕得不停地啧啧:当个城里人真是不赖,不用种田不用养猪,整天穿得干净吃得均匀,活得自在。他吃力地把筐从背上卸下来,还没开始叫卖,几个晨练的老太太马上围上来,一看是枣儿,手和嘴马上团结起来,随着一阵阵咔嚓声,牙齿和舌头开始剧烈运动,一位老太太含着半个枣叽里咕嘟地说,甜——太甜了,话没说完被噎了一下,然后长长地舒了一口气,终将枣核吐了出来。王老汉偷偷地看着老太太的手,一双手又白又胖,似乎很好看,心里不由得有些慌,他真想闭上眼睛不去看,怕别人骂他老不正经,可那些老太太的手总往他的枣上摸,他忽然想起自家老太婆的那双手,又老又瘦,又黑又长,青筋绽露,摸上去粗硬冰冷,简直就是一副老巫婆的手,就不由自主地叹了口气,似乎觉得有点对不住她。

王老汉的枣儿卖得飞快,一股脑儿被几个老头老太太全买光了。王老汉的心里又亮堂起来,一查钱足足有四十多块呢!他美滋滋地哼起小调:"大道上走来了我陈士铎,赶会赶了三天多……"于是他也像陈士铎那样要了二两老酒,吃了一碗炸酱面,然后顺着大街向东溜达。

有些时候没来县城了,他想给孙子和老太婆买点好吃的和用的。王老汉背着筐儿在那儿东张西望,也不知走了多长的路,来到了城里人和乡下人认为最热闹的百货大楼门口,百货大楼尽管是人来人往,却远远大不如以前,王老汉还记得十年前那景象,村里的彭三娃子学校毕业分到了百货大楼,没把全村人妒忌死,说媳妇的踏破了他家的门槛,可前年三娃子下岗了,听说摆了个水果摊,弄得妻子也跟别人走了,王老汉打死也搞不明白,这么高的大楼这么多的东西竟还有人饿肚子,百货大楼的头头是该枪毙才对。

他正要打算进大楼里瞧瞧,却发现在门口右侧的台阶上跪着一个老女人,样子有五十多岁,散乱着头发,耷拉着脑袋,脸和手又黑又脏，上衣和裤子打着补丁，光脚丫上套着一双伸出趾头的黄球鞋，王老汉刚到门口，老太太马上直起上身，露出可怜巴巴的神色嘟囔：大哥，行行好吧，给点钱吧，大哥，可怜可怜我这个无依无靠的老太婆吧。说着说着，声音里带出了哭腔。王老汉的心有些软，看着跟前的老女人，他不自觉地想起了自己的老伴，老伴跟自己三十多年了，现在老得跟这个女人差不多少，一辈子田里家里忙得团团转，没过过一天好日子，他忽然感到很伤感和歉疚，他把手伸进了鼓胀的兜里，但马上又缩了回来，他想到了老太婆临行前的交代：卖了枣可赶紧回家来，不要乱花钱，孙子的自行车得快点买回来。这个使命他不敢耽误，儿子是孝顺，可儿媳妇有时并不太满意，照顾不周还不时朝老两口抛个白眼或者丢上两句不咸不淡的怪话。

王老汉又把手伸进外衣口袋，把兜里仅有的五角硬币轻轻地放进女人的乞讨碗里，尽管很轻，但还是发出了清脆的"当"声，老女人不屑地抬起头打量了他一下，发现这老头挎着个筐子，穿着老黑布衣裤，一幅忠厚老实的模样，心想，这一定是个农村来的老土，待我诈诈他：大哥，你怎么也不同情同情俺，给五角钱就把俺给打发了，俺看得出您是好人，就多给俺两个嘛，俺孙子在家正等着让俺给他买烧饼呢！

王老汉我——我——两声没了言语，他又一次把手伸进了里面的兜里，却发现有不少人正盯他两人看，他有点儿害怕，怕自己被小偷盯上，怕自己的血汗钱一不小心血本无归。他不敢再伸手，但总觉得不再拿出点钱来实在是心里不落忍，有点为富不仁没有人情味的感觉，这在他们村里，会被人戳脊梁骨。

他看了看女人，说，那个吧，大妹子，你在这等着，我给你买二斤烧饼去，你可千万别走哦。说着，王老汉迅速迈出罗圈腿离开了大楼。女人不屑地骂了声:这个土老冒儿,谁稀罕你那破烧饼呢!

王老汉一边走一边东张西望地寻找着烧饼店,问了几个人不是摇头就是说不知道。那声音脆得跟冻萝卜似的。他心想,这城里人是不是平时都不吃烧饼,如果吃,咋能不知道哪里有卖的,真是千年的老龟——成了怪。

好不容易在郊区的一个墙角旮旯里找到了一家打烧饼的,他还跟哥伦布发现新大陆似的高兴了老半天,买了两斤烧饼往回走,他才发现西边的太阳正像大烧饼似的往下坠,王老汉不由自主地加快了步子,他想无论如何得在天黑前,赶上最后一辆车回家去,老太婆和孙子也许正翘首等着他回来,孙子正等着爷爷捎回来的好吃的东西。

回到百货大楼的门前,街上已是华灯初上,商贩云集了,自发形成的地摊市场热闹非凡,卖的买的川流不息,熙熙攘攘,不失兴盛和繁忙。

王老汉已顾不得欣赏这些,他站在百货大楼门口到处张望,却不见了那个乞讨女人的身影,门口的保卫不耐烦了,问:你在那东张西望,干什么? 王老汉一五一十地说了,看门的小伙笑了:你这老头儿真实在,给你个棒槌你还当真(针)了,瞧,在那儿呢! 王老汉随着看门小伙的手指望去,果然看到了那个在此处乞讨污秽不堪的老太婆,已经洗得干净,扮得光鲜,换上新衣,像模像样地坐在大排档里,一手捏着鸡腿,一手拿着面包,狼吞虎咽地进着晚餐。

王老汉的心火"腾"地一下点着了,他恶狠狠地把烧饼摔在地上,三下两步下了台阶,可他又即刻站住了,心想,自己这是犯的哪门子倔呢? 人家吃人家的,与你何干! 你不就是给了她五毛钱吗？受欺骗的又不是你自个，五毛钱，在城里别说鸡腿，连根鸡毛也不一定能买得到。

想到这儿，他心里平衡了许多，赶紧将躺在地上的烧饼拾起来，扑打扑打上边的土，放进自己的背篓里。这时他想起了家中的老太婆，觉得自己实在有点儿对不住她，记得刚结婚头一年，老婆要买几尺花布做个褂子，他不允，后来老婆还是偷着花了四毛私房钱买了几尺花布，被他按在炕上打了个鼻青脸肿，还骂她败家子，扫帚星，不过日子。现在想想，比起这个女人，自己的老婆已经是一千个好一万个好了……

王老汉做出了一个重大决定：他要给自己的老太婆买一件外套，像城里女人穿的那种，就是坐不上最晚那趟车，今天他走也要走回家，亲手给老婆子穿上。

# 跟鸟儿一起过年

我有快一年的时间没回过老家了，临近腊月，母亲忽然打来电话，小心地问，你们今年能不能回家过年？

我的心颤了一下，心想，我在外工作十几年，母亲知道我们都很忙，从来没提出过这样的要求，我不知道家中到底发生了什么事，和妻商量，决定今年一定回老家去。

腊月二十八那天，我和妻儿辗转了三次车，终于在傍晚时分赶到了老家的公路旁，雪花里，母亲倚在三轮车上一动不动，如同一尊白色的玉石雕像，每当有车经过，她都会像团雾一样迅速挤过去,然后又失望地飘回车旁,一直就这样耐心地等待着。

终于等到了我们,母亲的眼里满是亮光,她用僵硬的双手裹了裹儿子的脸蛋,然后解下头上的围巾系在儿子的脖子上,儿子挣脱了奶奶的围巾,又把围巾还给母亲。母亲说,孩子,戴上吧,农村比不得城里,你们受不了这份冻。

妻子把围巾给母亲围上,母亲坚持不围,又解下来给儿子围上。我说娘,你坐上去,让我来骑车吧。母亲却说,这三轮车儿你们都骑不惯,还是我来骑吧,路又难走,可不能摔了俺的宝贝孙子。

我看不得母亲佝偻着背努力蹬三轮车的样子,就下来走,妻子也跳下来跟我一起走,儿子傻乎乎地一个人缩在车厢里,奶奶的围巾把儿子裹得只剩下两只眼睛。

家终于到了,一年不见,村里有了很多变化,水泥路修上了,垂柳栽上了,天还不算太黑,乳白的路灯早已睁大了眼睛,我感叹着家乡的变化,可我家的大门和房子依旧是我未出去前的那个模样,看着周围邻居的高楼阔宅,我不由得越发惭愧。一个月领两三千工资的城里人,却没有钱给自己的父母修缮一下那古老而破旧的房舍。

到家时,父亲在忙里忙外地拾掇着家里的卫生,他头顶着一件旧衣服,拿着一个用竹竿绑紧的扫帚正专心致志地清扫着厨房。我说,爸,让我来吧。爸说,不用,你刚到家,路上挺累的,再说这活儿不适合你们干,弄脏了衣服,洗不净晾不干的,耽误事儿,喝口水歇歇脚吧。我说,爸,你也歇歇吧。爸嘴里噙着烟巴,合糊不清地应着,就歇,就歇。

母亲偷偷告诉我,爸在秋天的一个晚上浇地时滑倒了,伤了腰,在床上趴了一个月,我想让你们都回来趟,可你爸个死老头子说什么也不让我告诉你们,怕影响你们工作,吃药、打针、针灸、治疗两个多月,总算能下地干活了。听了这话,我赶紧过去抢父亲手中的扫帚,爸,娘说你的腰受了伤,还痛吗?爸夸张地捶了一下腰,就你娘多嘴,要痛,我还能干活?快回屋暖和去,院子里冷,别感冒了。

扫完了厨房爸又去扫院子,扫完了院子爸还是没歇,却搬了个梯子靠在窗前的大槐树上,然后提了个小铁桶上去。我问母亲,爸这是要做什么?

母亲坐在灶旁生起了火,火光照得母亲的脸红红的,母亲似乎被烟熏了一下,用手抹了抹眼角,叹了口气,慢慢地说,槐树上住着一只老鸟,夏天的时候,小鸟们都飞出去了,只剩下它一个,有一天这鸟忽然从上面掉下来,你爸发现它的翅膀被枪还是被什么东西打伤了,也不知道它是怎么飞回来的,落在咱们家院子了,我和你爸给它治了十几天伤,伤是治好了,可老鸟再也飞不动了,你爸决定把它送回巢里去。我说它反正飞不动了,就让它待在院子里吧。你爸说我,你没见院子里那些狗儿猫呀的整天虎视眈眈的,就连那些鸡鸭也老欺负它,它有自己的家,不适合待在这院里,一个人应该有一个人的活法。

晚上,一家人热热闹闹围坐在餐桌旁吃年夜饭,儿子突然说,爷爷,你看树上那只鸟多可怜,过年他的孩子也不来看他,你把它拿下来,让它跟咱一起过年,好吗?母亲说,鸟儿脏,肯拉屎,让他待在树上吧。儿子马上不高兴了,闹着说,不嘛——不嘛,让它下来嘛!

父亲的眼圈儿顿时红了,他摸了一下孙子的头,慢慢站起来,说,咱——听孙子的,过年了,让它下来,也感受感受有人陪伴的滋味。

## 驴过的日子

小时候,我脾气特犟,倔强的父亲都拿我没办法,总骂我是一头犟驴。奶奶说,看你爹那头犟牛都拧不过你,八匹马都拉不过来。我很得意,用遗传学与进化学的观点说,这叫"青出于蓝而胜于蓝。"

上小学时老师总独具慧眼地让我当班长,班主任也许都发现了我这"驴性",对主人忠实勤恳,默默奉献;对下低头哼鼻,仰头长啸。从小学到中学的班主任都心照不宣,同学也当仁不让,使我的"驴性"发挥得酣畅淋漓,如日中天。

工作了,我分到了一个循规蹈距的小单位,领导挺着猪一样的肚子,用那粗短的蛙指满含热情一把牵住了我的手,像牵一头毛驴似的把我拽到了他的身边,然后又如在牲口市场买牲口,把我从头到脚趾缝儿,毫不含糊地估看了半天,然后满意地点点头,似乎觉得还挺划算。

他站起来拍了拍我的头,顺手揪了一下我的长耳朵,说,很好,很好,很年轻嘛!一定要听话,好好干。那样子就像扯着耳朵在嘱咐驴。

我自以为找到了能体贴"驴"的主人,我没命地给他拉车、耕地、磨面、驮物,常常超过别的驴二至三倍的工作量,而且我干得又好又听话,总累得我身心疲惫,精殚力竭。可主人仍然给与别的驴数量和质量一样的草料,还说,你比其他人年轻,一定不要惜力,不要光讲报酬斤斤计较,日后不久你会成为这个群体中的"领头驴"。

我苦熬了八年,眼看"驴胶熬尽",驴瘦毛长,不但未熬得膘肥驴壮,却是遍体鳞伤。终于挣脱缰绳,扑腾一下跳入商海,撒开四蹄,一驴当先,我终于成了身价千万的"名驴",并有了人人追腥逐臭的酷名"大款"和冠冕堂皇地让市长想跟你握手让美女想跟你上床的著名"企业家"。

好意难却,我被企业生拉硬拽去说教,被大学簇拥着讲座,每到一处,我都会被他们连哄带骗地拔下我一根驴毛,像孙猴子那样迎风一吹,那便是一座图书馆或者一片厂房,有的甚至变成了一座酒店或者轿车,他们坐在里面不是打嗝就是放屁,谁还记得那是一根根带血的驴毛变的。如果你不想拔或者忘了拔毛,他们的嘴就会比黄鼠狼的屁股还臭,跳将起来把你的祖宗八代都骂干净,什么呆驴、秃驴、笨驴、瞎驴、瘸驴,一毛不拔的烂铁驴。

原单位的小领导说什么也不肯放过我。一定让我给他个面子,在本市最上档次的酒店为我安排一场富有情调和气氛的见面筵。驴兄驴弟频频举杯,开怀畅饮,驴姐驴妹投怀入抱,耳鬓厮磨。想起当年单枪匹驴,苦战驴场,不禁黯然泪下,老领导端着"海王金樽"摇晃着,非常虔诚地握住我的手,结结巴巴说:原——来我——总认为——你们都——都是羊,没——想到——你是头驴,羊——群里还——还真跑出驴来了。真——是,不——不识驴山真面目,只缘身在羊山中。

# 面　　子

晚上,我有幸陪上级领导共进晚餐,三瓶啤酒下肚,我给司机放了假,让其自由活动,司机小王犹豫了一番,还是忐忑不安地把钥匙交到了我的手上,我干净利索地开锁、挂挡、加油门,小车服服帖帖地在我的操纵下急驰而去,红绿灯面前,有过前车之鉴的我还是挺遵章守规的,因为小交警的两次"客气",让我的布囊羞涩到了极点,月固定支配资金所剩无几。等路口一过就是咱说了算,于是猛踩油门,吓得路上的车辆和行人都面带惧色,像躲瘟神一样躲避。

到了自家住的小区门口,小车横冲直撞地开进去,保安老眼昏花地伸长脖子,屁股还没离开座位,我的车屁股早已绕过了楼下拐弯处,并随着吱的一声紧急刹车,一毛茸茸球样的东西就被我压在车下了。

我猛地一紧张,心想,坏了,是只狗——一只名贵的狗,这种狗在我们这个楼上只有两家,一个是宏力房地产开发公司的老板沈先生家,再一个就是我们县政协李副主席家,他的妻子刘局长正是我的顶头上司。

这下麻烦大了,轧了谁的狗都不好,尤其是轧了刘局长家的,别说明年提副局长的事儿泡汤,就连我这个股级干部说不定会就地免职。再看看周围无人,我一踩油门飞驰而过,把车停到了一个距离出事地点二百多米的泊位上。

我急急火火赶到出事的地方看个究竟。这时,路上已聚集了十几个人,收破烂的刘老实蹲在人群当中,用手抚摸着小狗的后腿,确实是只狮子狗,庆幸的是狗没有被轧死,只是断了一条后腿,狗儿痛苦地躺在刘老实手里高一声低一声孩子般地呻吟。

周围的人们正在七嘴八舌地说着什么,只见刘局长的母亲,一个六十多的老太太从楼里出来,不问青红皂白地指着刘老实大声叫嚷:你个拾破烂的咋那么狠心,你长没长眼睛呢!黑天半夜骑着破三轮到处乱窜,挣钱挣糊了哟。刘老实人如其名,争辩说:不——不是我。他的脸涨得像个下蛋的鸡,我——我——他的话被老太太打断了,什么不是你,肯定是你,我们这个小区住的不是干部就是老板,谁碾了俺的狗都会承认的,唯独你这种人,才会死赖着不认账。走,没钱也得给俺的狗瞧病去。刘老实更急了,他终于爆发了出来:我说——不是我,就不是我,是你们院里的一辆车轧的,我——我看见那车从我身边过去的。我吓坏了,不知是因为夏晚的燥热还是内心的焦躁,我赶紧掏出手帕来不停地擦拭脸上和脖子里的汗水。刘老实盯了我一下,我赶紧低下头,不敢再去看他。

沉默了好一阵子,刘老实变得有点心平气和了,他抱起小狗放在他的三轮车上,说,我就带它到门口的宠物医院看伤,这样行了吧。老太太不再说什么,跟着刘老实去了小区门口的宠物医院。

诊断结果如下:小狗左后腿粉碎性骨折,需夹板固定休息两个月并服用抗生素和骨折药等治疗,治疗费共计一百六十余元。刘老实无可奈何从衣服最里层的布兜兜里摸出一个塑料包,点了半天,才一百二十七块六毛钱。老太太用鄙夷的眼光怒视了他一下,气哼哼地从自个兜里掏出一张五十元的大钞,我先替你垫五十,明天别忘了拿来还我。刘老实心痛地把钱递给了"狗大夫","狗大夫"心安理得地收下,然后捣药、外敷、包扎、打针、开方,一刻钟功夫操作完毕。老太太抱着狗走了,刘老实摇了摇头,也推上三轮车回到自己的租房里。

  想起刘老实替自己做的这些事,我感到心里有些惭愧,再想想自己往常对待刘老实的态度,心里更是觉得无地自容。刘老实是我们小区的老主顾,挺老实,在我们这个小区收破烂的口碑很好,买卖公平,从不缺斤短两,也从没少给过别人钱,更没有借收破烂的名义偷拿过户主家的物件。所以物业上就认准了他,居民们也认可了他,他才有了在我们小区通行和发财的机会。

  说实在的,不光是我,有很多人都瞧不起他。特别是他刚进我们小区收破烂的时候,有一次妻子招呼他上来拾掇废品,他穿着前露趾头后露脚跟的臭烘烘的破球鞋就上来了,我不太高兴。可妻子老是指挥他拾掇拾掇阳台,收拾收拾贮藏室,他还挺殷勤,主人说什么他就干什么,不惜力气。等收拾干净了,我一边歪靠在大沙发上跷着二郎腿喝茶,一边用教训的口气跟他讲话:你以后得注意点,我们这个小区都是住的有身份有钱的人家,你不要随随便便就穿着破鞋脏兮兮地进别人的家,进门要戴鞋套,衣服穿得要干净整洁些,称完废品,要帮人家整理好物品,打扫一下卫生,并把垃圾一块给带走,放到垃圾箱里去。他听后也不出声,就按我说的做了,尽管不十分到位,倒也省却了我们很多麻烦。后来,无论到哪一家,无论到哪个小区,他都是按这个程序去做。果然,他赢得了更多的客户,附近的几个小区和企事业单位,都乐意把废品卖给他。尽管如此,我在他面前总是摆出一副居高临下的样子,不拿正眼瞧他一下。但这次是他替我解了围,他把难堪和委屈留给了自己。

过了没几天，我故意把他叫到家里收拾废品，并拿出好烟好茶来招待他，他既不抽烟也不喝茶，只是在那里全神贯注地收拾他的"破烂"。收拾打扫完他才说，那天我看见你的车撞了那条小狗，可是你跑了，我本来也可以躲过去，可看到那条小狗趴在地上痛苦地惨叫，我有些不忍心，就把它抱起来。那老太太责备我骂我，本来我也可以不承认，说出来是谁，可你们都是在官场上、商场上混的人，面子和尊严对你们很重要，我一个收破烂的面子不面子的无所谓，只要小区的人们还愿意把废品卖给我，我就心满意足，没什么可求的了。

我问他，你原来是干什么的？他的脸似乎有点红，稍微停顿了一下，才说，说实话，我原来当过一个小厂的厂长，就是因为死要面子，才把厂子搞垮了，二百多号人都下岗自谋出路去了，为了在国外读博士的儿子能继续他的学业，我才干起了收破烂这一行。

我听了他的述说，深为自己的卑鄙和短见感到羞愧和不安，我掏出二百元钱来对他说，我谢谢你替我收拾了残局，可钱你得收下，你挣几个钱挺不易的，不能让你再垫钱。刘老实憨憨地笑了两声，说，那家已经把钱给了我，我觉得你们这个小区的人都挺好，挺信任我的，把废品留下全卖给我，所以这几年我也积累了几个钱。孩子马上毕业，已经知道打工挣钱了，我没有什么可报答你们的，也就这点小机会，所以我能做一点就做一点吧。

我不知道刘局长家是否真的把钱给了他，也不好去问。临走时，我硬是把钱塞进他的口袋里。可他走后我才发现，两张纸币被整齐地压在贮藏室的窗台上，紫红色的钱面上凝固着一颗混浊却闪着光亮的汗滴。

# 明天还有手术

战雪宁已经两天两夜没合眼了。

这是他来新疆木卡图医院支边的第二个年头。

战雪宁是部队医科大学培养出来的医学博士,曾师从解放军总医院著名骨外科专家吴玉贤教授和四〇一医院副院长、全军手外科知名专家赵家良教授,刚分到军区总医院的第八个月,院长说,小战,上级让我们派遣第六批援疆医疗队,组织上经过慎重考虑,认为你个人素质较好,业务全面过硬,准备让你带队援疆,为期两年,你看有什么困难。

战雪宁把近视镜用右手向上拥了拥,马上做了一个立正的姿势,说,报告院长:没问题,服从组织命令,听从上级分配。

就这样,战雪宁带着三名医生和四名护士出发了,经过四天多的颠簸,他们来到了距木卡图三十公里外的一个繁华小镇上。

木卡图地方上的领导赶着两辆驴车来接他们,这该是一个多么有趣多么有情调的一次旅行,可是,西风漫卷的黄沙把他们的兴致给彻底埋葬了。

木卡图医院级别相当于一个地区级医院,而设施却同内地的一个乡镇医院差不多少,甚至比那还差。战雪宁到的时候,天已经黑了,胡杨林一片一片黑乎乎地遮挡着人们的视野,在这些林子的深处,他们看到稀稀落落的房子,还有一条通往胡杨林深处的小柏油路,路面仅有三米多宽,这个发现,足以让所有的人都兴奋不已,是啊!在一望无际的戈壁滩上能看到如此这般景致,的确太不容易。

刚到木卡图医院,医院的塔克院长带领着全院的十七名医生护士已经热情地等候在门口迎接他们。战雪宁跳下车和塔克等人握了一下手,就快步走进去,他走进每一个房间看了又看,觉得有些泄气,摇了摇头走出来。

到了手术室,这里的景况条件更让他失望,同他想象的简直有天壤之别。手术室虽说有无影灯,可早已蛛网缠绕,坏得不能用了,手术床是一个木制大床,笨重得像块石头,医疗器械简单到了极致,一切似乎让人难以忍受。

战雪宁很无奈地走了出来,他有点儿委屈,这地方能工作吗?手术能开展吗?他好像完全失去了勇气与信心。

医疗队的护士长赵婴说,小战,既然来了,我们就得抓紧想办法干起来,别让这里的百姓们失望,有困难跟军区和当地政府联系协调。

战雪宁一想,对呀!临来组织上交代过,有什么需要和困难及时与军区和当地政府联系,于是,他连夜制定了一个详细的计划和报表,立即向军区和当地政府汇报和求助。

通过战雪宁、塔克院长的共同努力和多方协调,木卡图医院状况焕然一新,很快购置了简易的手术床,战雪宁和塔克带人自行修理改装了无影灯及其他器具,增添了一部分基础医疗设施,手术包由原来的一个增加到了四个。

三天后,木卡图医院正式开始收治需要做手术的病人。

木卡图的百姓们不相信他们能做手术,有了重病号仍然要千里迢迢送到区里或兰州去,可几个急症患者在途中就死去了。

医疗队到的第七天,木其巴送来了一个下肢炭疽患者,战雪宁看到患者病情尚轻,没有采取传统的截肢,而采用双氧水冲洗、解除血管痉挛、吸氧、低温去痂、高锰酸钾浸泡、双倍剂量青霉素滴注等疗法,十几天后患者竟然被治愈出院。

病号蜂拥而至,小阿尔泰的手腕不慎被砍刀砍断了,战雪宁带着纤维额镜花了十几个小时为他接上,阿尔泰大叔惊奇地到处喊:嘿,木纳瓦村的乡亲们,可不得了啦,木卡图来了神医了,神医来咱木卡图了!

战雪宁和医疗队的队员们在木卡图受到了上帝一样的爱戴和尊重,老乡们给战雪宁送来了马匹、奶羊、皮袄、挂毡、吃食等东西,都被战雪宁退还给了他们。战雪宁说,我们是共产党领导下的军人,是医生,更是你们的同胞兄弟,决不能收你们的东西,你们也不要送东西给我们。可躺在病床上的买买提瞪着大眼翘着小胡子不解地问:可你们要吃——肉,你们要穿——衣服,你们要——睡觉。几句拖着长腔的新疆普通话把在场的人都逗乐了。

战雪宁拍了拍他的肩膀,一边摇头一边学着他的口音说:我们——不吃——肉,我们——吃——粮食。他的话更是引来一阵哄堂大笑。

秋季刚过,木卡图下了一场大冰雹,房子帐篷砸坏了无数,受伤人数一下子达到了一百二十多人,除了伤情轻微的和不急的送到地方医院外,严重的不宜转送的七十多人都被送到了木卡图,战雪宁和医护人员不停地诊断、包扎、固定、手术,已经两天两夜没合眼了,但医护人员谁也没见到战雪宁打一个哈欠,闭一下眼睛,只是看到他的前额上忽然有了几根白头发。

第三天凌晨四点多钟,战雪宁终于处理完了最后一个病号,他穿着手术衣坐在手术室门口的长凳上歇息。塔克院长说,你已经一天多没吃东西了,饿不饿?战雪宁疲惫地笑了笑,说,好像有点饿了。那好,你等着。塔克转身走了。

还不到一刻钟,当塔克提着一壶热奶和两块奶酪赶回来时,战雪宁已经衔着一只未点着的香烟,靠在墙上睡着了,他的左手里,还握着一只未打开的火柴盒。

塔克的眼里溢满了眼泪,赶紧脱下羊皮袄给战雪宁盖上,他想叫醒他,让他吃点东西。这时赵护士长从手术室门口制止了他。

她说,战医生吩咐过,如果没有病人先不要叫他。

因为,明天还有手术。

# 母亲与打麦饭

打麦饭是二十世纪七十年代老家的特有饭,只有遇到年景好或大喜事时才能吃得上。顾名思义,打麦饭是用麦子做的,可那不是普通的麦子,它是在麦子刚刚成熟,麦稍泛黄,麦粒似软微硬的时候,将麦粒拿手掌搓掉绒皮,用那种又黄又绿的麦粒做成的。麦粒被村头的石碾压扁,再加上碾碎的地瓜干、后山上的野枸杞和大枣,尔后放入大黑锅里加水煮炖一炷香工夫,你就能闻到香喷馥郁的蒸气味道沿着破锅盖儿袅袅而出,馋得你眼巴巴贴着锅沿儿撩不动腿。

就是这种水煮打麦饭,在那个时候也是难得一见的奢侈品,原因就一个字,穷。

母亲是一位地道传统的农村妇女,她的终极目标就是吃饭穿衣,操持劳碌,生儿育女,相夫教子。他把儿子和丈夫当成了她生活的全部,有什么好吃的好穿的都先让着他们,好像对我这个最小的女儿不怎么放在心上。她常说,男人是支撑门户的是家里的顶梁柱,女人就是喂猪养羊、缝衣做饭的。我说我要向我哥那样上高中上大学,她说女孩上学没啥用,你没看刘家的三妮,上完高中还不是一样回家锄地翻垃圾。我很不苟同她的观点,经常跟她顶嘴。

哥哥上高中,娘把养了一年的猪毫不吝惜就卖了,给他买了一辆崭新的海燕牌自行车,把我嫉妒得一夜都没睡好觉,老梦见那辆自行车的主人换成了我。我骑着那辆崭新的自行车满街疯跑,那些毛头小子和丫头片子跟在我车后边撵,我狠狠地风风光光扬眉吐气了一把。

我是被母亲冰凉的手抓醒的,天还黑着,母亲叫醒我去放羊。我说今天才星期五,我还得去上学呢!

母亲说你今天就别去了,你哥上县城去报到,你爸去送他,家里没人放羊。

我被母亲的不公平的待遇气歪了鼻子,我说,我就不去放羊,你也太偏心眼了,哥是你儿子,我就不是你闺女。说着我就把头缩到墙角里不理她。

没想到母亲把我从被窝里揪了出来,操起鞋底狠狠地拍了我,那声音就像拍在了床傍上一样铿锵有力。

我倔强地扒住床头,任她怎么打、身上怎么痛,我就是咬着牙不吭声。打完了母亲的气也似乎消了。她扒开我的后背,看着青一块紫一块的伤痕号啕大哭。

后来母亲才陆续地跟我说,那时候我家特别穷,生产队一年要交一千多工分才能给口粮。哥上学,父亲又有慢性胃溃疡,干不了重活，所以全家四口人的口粮全部落在了母亲一个人身上。她起早贪黑，还得跟男劳力一样去修水渠挖管沟。

尽管我做了妥协，早晚为家里喂喂猪放放羊，农忙时请几天假跟着母亲割麦子、掰玉米，可我在上学的问题上从来没有退让半步。

后来哥毕业分到了市里，家里的负担减轻了许多，母亲也似乎被我的坚韧所打动，能不让我旷课的尽量不让。可她一年累病好几次，添了一生都去不了的腰椎间盘突出和贫血的毛病。

就在我考中专的前一天晚上，母亲在厨房里倒腾了大半夜。第二天早晨一锅香喷喷的打麦饭醇香四溢地摆在了我的跟前。看着母亲肿胀的手和满是血丝的眼睛，我的眼泪一下子就涌了出来。

母亲温情地笑了笑，用褂袖擦去了我脸上的泪水，不能哭，闺女，不能哭。今天是你考学的日子，要高兴起来，只有高兴你才能考好。

也许是打麦饭给我带来了好运，全校考了四个中专生，其中就有我。我上了一所师范学校，毕业后又到了一所监狱工作，成了一名英姿飒爽的人民警察。

每次回去探望母亲，年高羸弱一脸慈祥的母亲总是拉着我的手不忘跟我说，闺女别怨娘，那时候娘人穷志短，差点耽误你。你说你想要什么？娘跟你买，想吃啥？娘给你做。

我坐在沙发上把头靠在母亲的白发上，轻轻地说，娘，我还想喝你给我做的打麦饭。

娘把冰硬的手伸向我的头发，一边摩挲一边呢喃：好，好，打麦饭，打麦饭，打了麦子有了饭，有了饭吃能过年……

## 难忘家乡月儿圆

又至中秋,月亮姑娘那张粉脸儿一下丰满成银盘状,她像散花的天女,将冰清的薄雾罩向人世间。

自打毕业参加了工作,我就很少回家过中秋,尽管距离老家的路程也就一百多里,可要辗转倒几回车,再加上工作性质所使,愈到节假日愈要加班,所以,近在咫尺的家乡好像离我越来越远。

遥望家乡的明月似乎是一种近似贪恋的渴望,清姣缥缈月光下的遥远故园有我发白鬓斑的父母和乡亲,他们用刚剥过玉米棒子的手指夹起一小块酥得掉渣的月饼一张口送进嘴里,嘴角却留下一根青绿带着白头的玉米须,可是他们似乎什么也没有感觉到,满口和满鼻全是月饼和玉米皮儿散发的润润的香。

想起儿时的中秋节,那是一种终生也享用不尽的悠悠的暖,把这种暖埋在心里的感觉是幸福而又宁定。将穿着背心和短裤的自个藏进刚剥好的玉米皮里,然后傻傻地向母亲叫喊,娘,你知道我在哪里吗?你肯定找不着我。话还没说完,母亲已把一块掉着碎片的月饼送进我的嘴里,还不忘在我露在外面的肚皮上用手指戳一下。含着月饼,呼吸着甜甜软软满是玉米香的空气,我醉得眼泪都流了出来。

我家有一棵大大的石榴树,每当圆月挂上树梢的时候,石榴树下早已被奶奶摆上了一个小圆桌,上面摆满了核桃、花生、枣子、石榴,这些东西都是自家树园里种的,中间大盘里摆上一盘月饼，自然也少不了一瓶老白干和一瓶果香酒，那时月饼珍稀，一个月饼都被奶奶切成四块，然后又摆成原形放进大盘里，大人只能分上一小块，小孩子每人两块，可是奶奶好像会变戏法，我每次分到的往往要比他们多好多。

农家的小院里撒满银亮的光，爷爷下巴的小胡子仿佛有点儿黯然失色，我将玉米须儿塞入鼻孔里，找个玉米秸拄上，跟爷爷一比高下，仍觉得不够"范儿"，伸手揪下爷爷的顶帽歪戴在头上，可着喉咙背起了李白的《静夜思》：床前明月光，疑似地上霜，举头望明月，低头思故乡。每次背完，都少不了一些啧啧表扬和瓜果梨枣等级的奖励。好像只有小婶一个人不高兴，还偷偷地抹眼睛，后来问娘才知道，那时小叔在南方工地搞建设，一年难得回来，小婶这是在想他。每逢佳节倍思亲，等学到王维的诗，才明白了原本滋味此中愁。

从求学远离故土，一晃到现在二十有载，爷爷奶奶随着老屋一起故去，父亲母亲变成了爷爷奶奶，而院子里的那棵石榴树还在，它的盘枝骨干看起来似乎略显苍老，可依然遒劲坚韧，树冠比原来大了一倍，遮住了院里好多光阴，父亲说修修吧，可母亲舍不得，就让它尽情无休无止地疯长，母亲说，中秋的月亮钻进去，就像一条条银链子挂在树枝上，银光闪闪的，别提有多好。

我们兄妹三人像长大的小鸟一样纷纷飞离院子里的石榴树，可每年中秋，母亲总忘不了按老传统在撒满银色的石榴树下摆上张圆桌，桌上盛满瓜果月饼，月饼尽管够吃，可她仍学奶奶，把月饼仔仔细细地切成四半，然后放进三个小蝶里，无论我们什么时候回家，哪怕一直到春节，都能看到食柜里给我们留着的四块月饼。

## 娘，咱回家吧

薛奶奶有仨儿俩闺女，认识她的人都说她命好。

薛奶奶眼看八十六岁了，却被儿女们送进了市郊的敬老院里。

这也好像不是儿女们不孝顺。儿女们似乎都很忙，大儿子是个领导，一天到晚不着家，大儿媳妇也当上了奶奶，帮儿媳妇忙前忙后地拾掇孙子。二儿子出国劳务，二儿媳一边上班一边伺候一个上初中的女儿，两个闺女下岗都在做生意，忙得连自个都顾不上。三儿三十多了还没对象。所以尽管薛奶奶的丈夫死得早，尽管她又当爹又当妈地把几个孩子拉扯大，也尽管她把大儿子的儿子照看到了十四岁，把二儿子的闺女看到了十岁，把两个闺女的孩子看到上小学，可在她需要别人照料的时候，儿女们郑重召开了一次协商会议，还是决定把她送到敬老院来。

刚进敬老院的薛奶奶很快乐，因为她终于找着伴了，在家里没有人跟她说话，别人说什么做什么她也听不清楚看不明白，自己乱说话儿儿孙们还不高兴，所以在家时她感到很孤独。一下子换了个新环境，还能走得动的薛奶奶没事串串门儿，找老太老头儿唠唠，与他们一起坐在院子里看月季听鸟叫晒太阳。

一晃一年多过去了，薛奶奶的身体一天不如一天了，她多么盼望儿女们常来看看自己呢。他跟同房间的沙奶奶唠叨，这些孩子不孝顺呀，他们整天说忙，到底有多忙呢？忙，还有闲空领着儿子孙子去跳舞、弹钢琴、逛公园、看电影，就是没空儿来陪陪我。来一趟就知道跟院长拉，也不给我多说两句话儿。沙奶奶呆滞的脸上没有一丝表情，她把霜白而散乱的头掩进被窝里，像只僵蚕儿一动不动。

入了腊月，酷烈的寒风儿在空旷的院子里像魔鬼一样唱起了疯狂的咒语，并把魔爪伸向了红漆斑驳的窗户，撕扯得塑料纸儿呼啦啦地响。房间里尽管放着暖气，薛奶奶仍然瑟瑟地紧缩在被筒里，一动不敢动。护工小高来叫薛奶奶起床。薛奶奶说，我不想起，我冷。小高说，你是不是觉得哪里不舒服呀？薛奶奶撇了撇嘴，想哭，我想回家，我想俺儿子，我想回家……说着，薛奶奶像个特委屈的孩子大声哭起来。

沙奶奶把头转向墙根，泪水沿着深陷的眼窝流进耳朵里。

腊月二十八晚上，薛奶奶的精神有些不太好，敬老院马上通知了薛奶奶的儿女，二十九一早，小儿子和两个女儿都赶来了，薛奶奶很高兴，精神头儿马上上来了，他左手拉着儿子，右手攥住闺女的手，欢天喜地，说，孩子，我的好孩子，你们是不是接我回家过年的，走，咱这就走。说着，他自己坐起来，吩咐护工小高为她洗脸梳头。

薛奶奶接过小高递过来的毛巾，把自己的手和脸擦了又擦，然后拿起湿毛巾将散乱的白发向后拢了又拢，还让闺女把桌子上的小镜子拿来，自己低头抬头照了好一会儿，这才满意地让女儿帮她穿衣下床。

大女儿看了看门外大雪纷飞的天，说，妈，我们给你带了蛋糕，您吃点吧。老太太高兴得不得了，好闺女，还是你疼娘，我好长时间没吃蛋糕了，把蛋糕给您沙婶块，她也好长时间没吃蛋糕了。可沙奶奶不要，薛奶奶只好自己吃。她吃了一块又吃一块，一连吃了好几块,还想再吃。可二闺女说,您不能再吃了,你吃多会拉在床上的,护工没法给你弄。小高也过来劝阻。

薛奶奶"哇"地一下大声哭起来,你们这些没良心的,不让我吃饱,你们坏,你们坏呀!我还吃,我还要吃……任凭薛奶奶怎样哭,小高和儿女们就是不松口,他们看着薛奶奶哭够了,哭累了,睡了,嘴里还呢喃着:让我吃,我听话,我乖,你们让我回家吧,带我走吧……三个儿女望着自己的娘,倚在床沿上一下一下抹着眼泪。

三十傍晚,薛奶奶在"我乖乖,我听话,我回家"的梦呓里永远地闭上了眼睛,处理完公事的大儿子和远渡重洋的二儿子都匆匆赶到了敬老院里,二儿子"扑通"一声跪在薛奶奶的床前,泪涕俱下,娘,我的亲娘,让儿抱你回家。

大儿子在前引着道儿:娘,咱回家吧,娘,咱回家。

# 表哥的春天

一九八二年春天,刚十八岁精干猴瘦的表哥骑着辆破自行车来到我家,张口就对我父亲说,姑夫,我决定响应邓小平同志让一部分人先富起来的号召,承包村后的二十亩山荒地,向您借两千块钱。父亲把眼睛和嘴巴张得老大,不认识似的打量他,说,开什么玩笑,就你,乳臭未干的娃子,初中刚毕业,我信不过你,得亲自问问你爹去。

表哥的脸憋得通红,行了,行了,不借就不借,干吗瞧不起人?

娘也挺担心,觉得这孩子说话不靠谱,是得问一下娘的哥哥——表哥他爹。

娘一问,一下子拨动了大舅的犟劲,硬是把表哥给扭住揍了一顿,可村里大队长批评了大舅,说他缺乏改革精神,得像年轻人学习,于是分文不取将荒山承包给了表哥,还让大舅扶持他。

这下表哥舒适了,可又犯了愁,望着满坡的石头他直挠头皮,还是大舅老道,帮他种上了苹果树、柿子树、桃杏树,表哥又不知从哪里捣弄了些中草药,一年后荒山成了青山,票子撑破了表哥的布袋,大舅笑歪了胡子拉碴的大嘴。山绿了树茂了草丰了,表哥利用再生资源搞养殖,牛羊鸡鸭鹅全成了绿色环保食品,就连鸡鸭鹅的后代们也成了山鸡蛋、山鸭蛋、山鹅蛋,从没听说的稀罕事和名词儿把村里的男女老少弄得心里直痒痒的。

百姓们的激情让表哥和他的腰包里的票子给挑逗起来。于是,表哥就带着村里的人们一起致富,把山地一段段转包出去,统一种植,统一管理,统一收购,两年多时间,家家又盖瓦屋又起楼,新媳妇儿一个劲地往他们村里跑,村里大队长在乡上汇报说,我们村今年人均收入达到八百元。台上台下一片唏嘘声。李庄村支书李老歪说,王尿呼,你他娘的吹吧,这可不是以前,牛皮吹破了是要上税的。王大队长嘿嘿一笑,说,不信,请大家到郿村光临指导。于是乡里书记就带人下去了,一点不假,其他村的干部都洋鬼子看戏——傻了眼,心里都暗暗地铆足了劲,回去好好弄一弄,还就不信,比不过七分山地三分土田的小王庄。

几年过去,乡里全富了,县里更富了,车子买了,厂子建了,房子小了,马路窄了。当上村支书的表哥准备转产,他大张旗鼓地成立了村建筑公司,搞村房村路村建承包,然后积累资金,增添设备,带领村民走入城乡,终于奠定他在县乡建筑界独尊老大的地位,流动资产达到了上千万。

一九九六年的冬季临近春节,表哥西装革履带着墨色大哈马镜开着小车来看望我的父母,他见我在那儿备课,用细皮嫩肉的大手拍了拍我的肩膀,戏谑说,表弟,怎么样,还是你表哥我有远见有胆识吧。那时你学习好,你大舅整天拿我跟你比,整天磕得我头上全是疙瘩,看看,今天如何,你大专毕业还不是当了一名孩子王,我不是说这工作不好,可也不能真正体现出你什么人生价值。用邓爷爷话说,不管黑猫白猫,逮着老鼠就是好猫。怎么样,辞去公职跟我干吧。

静下心来,想想表哥家十多年前的境况,家里穷得连个像样的房子都没,听娘说,大舅家当年穷得叮当响,二十六岁了连个说媳妇的都没有,妗子独具慧眼地相中了他,却让她娘家人跟在腚后穷追猛打,要跟她断了亲。可随着舅舅家楼房盖了,汽车买了,钞票多了,亲戚就是亲戚,走动得愈发让人眼馋。

是啊!这倒是实话,表哥家不仅富了,还带动全村人致了富,村里富了,又带动了全乡,甚至影响了全县,可是我说,你不要看我物质贫乏,但我精神很富有,你肯定有一天会明白,教育工作是改革开放的能量贮备。表哥似乎明白了许多,他沉思了良久,终于决定出资五十万,给我们学校建一个两层的像模像样的教学楼。

上学时经常逃课的表哥刚进城里就想上学,他一边抽着烟卷儿一边叹息:这回我可知道什么是经济社会、知识时期、信息时代了,我这个大老板尽管身家千万,可跟人家一谈两眼一抹黑,啥都不懂,不学不行呀!

于是,他白天处理事务,晚上就推掉了一切应酬,让司机送他去参加函授班、补习班,像上一年级的小学生那样谦虚和认真。

后来表哥脑海中又产生了一个奇怪的想法,要学英语,让我教他,我取笑他:你连汉语都没学好,还学哪门子外语,你能听得懂吗?表哥说,试试,我觉得就凭我这聪明劲,那么大个公司我都建得成,几句小鸟语还能难得住我。

我说,学外语可不是一时半会儿就能学会的,你可得有个长期吃苦的思想准备,他摸着光亮亮的脑门说,没问题,为了跟上时代,为了我的公司发展,我也得赶鸭子上架,逼上梁山。

你别说,没过两个月,表哥过来朝我卖弄他的"鸟语",什么good morning、bye、hi、excuse me、sorry等等,尽管捏腔拿调古怪难听,却也有几分相像。我问他,你怎么学得这么快。他不无得意地炫耀,他说他接触了一个外国朋友,英语讲得稀里哗啦跟下大雨似的,跟他谈了一笔生意,后来就成了朋友,你说怪不怪,想曹操曹操就到,你瞧,你哥我是不是一个挺有福的人。

说表哥有福,的确一点不假儿,他想干的事没有干不成的,创业一路走来,尽管吃了不少苦受了不少累,但毕竟都获得了成功,可谓绿灯一片,就连娶媳妇也是我们村最漂亮的一个,不仅中专毕业,人还特贤惠,大舅手舞足蹈地说,我们祖坟上也没见过冒青烟,怎么好日子说来就来了呢?我说,大舅,你别担心,这还不都是赶上了党的好政策,社会的好形势了呢。大舅厚厚的嘴唇裹着一只玉烟嘴,他边努力地抽吸着边嘟囔:是呀!是呀!几辈人都盼不来的太平日子,今天让俺过上了,让咱们给赶上了,得谢谢党领导得好,政府的政策好啊!

一转眼二十世纪的钟声敲响,我们这个青山绿水的小镇上盖满小洋楼和别墅,十里外的公路边搞起了一片经济开发区,家家户户的大小车辆挤破了公路的喉咙,于是,四通八达的高速就架了起来。表哥说,兄弟,你瞧见了没有,村北的三公里高速是哥修建的,怎么样？够气派吧。

我不太相信,问他,就指望你那几个土老帽,只会点三脚猫的功夫,能修好这条高速公路？可他说,你还别小瞧人,我的建筑工程公司已重组合并,我成了县建筑公司的总经理,我手下有一支两千多人的庞大队伍,三十多名高工,二百多名专业技术人员,机器设备更是应有尽有,你说我不牛行吗？在这个时代,我也需要与时俱进,优化结构,科技创新,搞点开拓是不是？

我点了点头,对他充满着赞许和钦佩,是啊！改革开放给中国人带来的财富不仅仅是物质的,更是精神上的,表哥的成长成熟过程就是一个很典型的例子。

这不过是中国新农村、新型农民发展的一个缩影,沧海一粟。若想知道的更多,了解得更深,那好,你就到中国的各地儿去转转,我相信,你收获的将会比你想象的更多更多。

# 扑倒的红领巾

苏欣是个可爱的孩子,十四岁的他已经接近一米六〇,加上个聪明活泼好动,被周围的人称之为名副其实的男子汉。

苏欣的衣服一个劲儿地变小,这可愁坏了苏欣的妈妈,正逢星期天,苏欣的妈妈勒令躺在沙发上看电视的爸爸大苏一同陪儿子去商场买衣服。

大苏极不情愿地横披着外套出了门,像个不长不短的尾巴黏在苏欣娘俩后边,娘俩每次拐弯总忘不了招呼大苏,大苏也总是慢腾腾地不紧不慢地应着。

苏妈妈挑挑拣拣折腾了将近一个小时,就连苏欣也厌烦了,又跟卖衣服的小姐纠缠了半天价格,才把大苏从楼梯处叫过来,让他去收款处交钱。

大苏嘟囔着去了收款处。苏妈妈这才四下找苏欣。找了好一会儿,她才发现,苏欣正瞪着一双焦急的眼睛看着试衣服的一个姑娘,姑娘和售货员正兴高采烈地忙着试衣服,可一个戴眼镜的小胡子青年已经把手伸向了她的小包。苏欣正要喊,苏妈妈赶忙捂住了他的嘴,说,你省点事,不要乱喊。有个买衣服的女人也发现了,可她却扭头迅速地逃开了。

苏欣终于挣脱了母亲的手,向那个黑眼镜冲过去,苏妈妈惊惶失措,她失声叫了出来:欣儿,危险,你不要逞能啊!这时,黑眼镜终于发现了苏欣,抓起小包飞似的向楼梯口跑去,大苏终于交完了钱,看到妻子和儿子一前一后地向楼梯口跑,他一下慌了神,跟着冲过去。当他看清儿子在追小偷,吓坏了,声嘶力竭地叫喊:你给我站住,这不是你干的事!

黑眼镜终于跑下了楼梯,正要向商场门口跑去,还有五六蹬楼梯的苏欣突然跳起来扑了过去,他胸前的红领巾像一团火在燃烧。黑眼镜"咚"地一下被扑倒了,可苏欣因为用力过猛,右臂摔得没了知觉,可他仍死死抱住黑眼镜的腰紧紧不放,黑眼镜咬着牙从地上爬起来,右手从腰中摸出一把锋利的刀子,白光一闪便插在了苏欣的后背上,接着,鲜血汩汩流出,苏欣的手终于松开了。

黑眼镜一跌一撞地向门口跑去,大苏这才从噩梦里清醒过来,他一个纵身从二楼楼梯跳将下来,对着黑眼镜的后背狠狠地一脚。黑眼镜一下子撞倒在玻璃门上,碎玻璃纷纷落下,黑眼镜昏迷过去。

商场的保安赶到了,他们铐上了"黑眼镜",并很快联系来了110、120。

大苏抱着鲜血淋漓的儿子,无比心痛地嘶叫:苏欣,儿子,你怎样了,你醒醒呀!120急三火四地赶到了,苏妈妈还哭喊着说,欣呀!你真傻呀!苏欣却微微眨了一下长长的睫毛,闭着眼翕动了一下煞白的嘴唇,有气无力地说,我——我们班主任——周——周老师说,我们每个——人都应该为和谐社会做——贡献,为——平安——尽——义务。

大苏用巴掌掴了一下自己的脸,商场所有的人顿时都低下了头。突然,他们潮水般向救护车涌来,不少人泪流满面,把手伸进兜里在摸索什么。

## 妻子的"情人表弟"

男人的眼睛红得像发怒的野兔,心里像被火铁烙煎着一样的痛。

与他双目相对的是四只眼睛,一边是自己的妻子艾文,一个四十岁左右性格柔善的女人,而另一个,坐在妻子的旁边,确切说是贴着妻子的右肩膀,是一个三十岁左右英俊潇洒、斯文尔雅的男人,一顶墨绿鸭舌帽和一副茶色眼镜把他装扮得完美而神秘,小男人表姐、姐夫叫得亲切,言语沙哑而极富磁性,艾文不时用含情的双眸给年轻男人送上一个秋波,这让本来就满怀醋意的张贺玉一下子掉进了万丈深渊的醋坛子里,他绝望到了极点。

接见还没有到点儿,他推说肚子不舒服要上厕所,急忙离开了座位,就头也不回地向监舍赶去。警官在后面不停叫他,他就是不搭理,只顾一个劲儿疯跑。

男人蜷在被筒里哭了一夜,天亮的时候,他才昏昏沉沉地睡着了。

刚进监狱三个月他思想上老想不明白。自己作为县银行的一个副行长,不就是为朋友挪用了二百来万块钱,有什么了不得的,最后判了六年。香车宝马、呼风唤雨的行长没了,摇身蜕变成了一个穿着"斑马服"的囚徒。这种结果委实令他难以接受,他割了一次腕,又跳了一回楼,有意思的是,他没死成,因为监狱的警官不让他死。

三年后,月色朦胧的中秋夜,一个背着包裹的男人出现在艾文生活的县城,小城的变化着实太大,周围已拆迁了,夜幕下,女人住的那幢两层小楼却显得孤独无助。男人的鼻子抽了一下,然后慢慢地向小楼走去。

十点刚过,孤楼里的灯亮了,接着出现了两个人影,一个矮的像女人,另一个瘦高,好像戴着让他恨得咬牙的鸭舌帽。他娘的,那不是她那个所谓的表弟吗?拿贼拿赃,捉奸捉双,今天我非叫这对狗男女尝尝痛苦的滋味。

男人三下五除二冲上二楼,冲着自家的门剧烈敲击,擂门声惊醒了对门邻居,他们隔着铁栅栏门向对门张望,见是一个背着包的男人似乎有些不太认识,摇了摇头,吱呀一声又把自己藏在门板后面。

对面的房门刚关上,自家的房门打开了,女人隔着铁栅门打量他,睡眼惺忪地问:你找谁?男人突然抓下帽子咆哮起来:你说我是谁?你给我看清楚,这是我的家,我才是这个家的主人。

女人终于瞪大了眼睛,打量着张贺玉,惊讶而兴奋,突然"啊"一声,是老张,贺玉回来了,你等着,我给你开门。女人转身跑向卧室,张贺玉咬牙切齿地骂:好你个臭婊子,是给野男人报信去了。只十几秒钟,女人哗哗啦啦地打开了房门,然后一把将张贺玉牵进去,扑到胸前搂住他,而张贺玉一把推开了女人,一手拽着女人的衣领,一手持着水果刀儿向卧室移动。

他一脚踢开卧房门,见曾经是自己的卧处却蒙头睡着一个人,个头修长,就是那个男人,肯定错不了。他丢下妻子揭开了被子,呆住了,一个高个儿少女,有点像自己的女儿,可自己走时她才是个孩子,只有一米四高,可现在一米七多,那应该是自己的女儿,因为她右手腕上还有一处小时让玻璃割伤的疤痕。

女儿醒了,吓得一下坐了起来,她怒不可遏,迅速从床头抓起台灯。妻子赶紧过来拦住女儿,说,丫呀,这是你爸呀!女儿这才借着昏暗的台灯打量这个头发很短胡子却很长的手里持着刀子的男人,她终于认出了自己的爸爸,可她愤怒地责问他:爸,你为什么这么晚才突然回来,你拿刀子干什么?张贺玉被女儿问住了,他支支吾吾地说,你妈有了其他男人,我要找他算账,女儿说,我妈一直和我在一起,怎么会有男人,你是血口喷人。张贺玉也理直气壮起来,他把自己的那次接见经过和妻子表弟给自己去的两封信拿了出来。女儿拿着信看了看,突然捂着肚子大笑起来,笑着笑着她流出了眼泪。她说,爸,你还好意思说,妈说你鼠肚鸡肠我还不相信。你知不知道,妈接到你们队长的电话几宿几宿睡不着觉,怕你有个三长两短,后来还是我给他出了个主意,让我们语文周老师女扮男装去跟她接见,来刺激你狭隘灰死的心,三十六计中这叫以毒攻毒,结果让你由悲成愤,由消沉而变得自强,只能背水一战,破釜沉舟。所以你能这么早回来,也有我的一份功劳。只可惜了我们周老师的那一头秀发了。她留了十多年的如瀑如漆的头发却为了答应我这么一个请求就义无反顾地剪掉了。

张贺玉大脑中一片空白,手中的水果刀当地落在地上,弹了两下不动了。他努力地回着那次接见的情景,"妻表弟"的笑容与沙哑磁性的声音像针一样刺着他的每一根神经,他的头开始剧痛,无力地颓倒在地板上。

## 清水河上的猩红

月如银盆,夜若白昼,我决定第二次上山偷树。

看护山林的是邻村的王大伯,王大伯是个伤残军人,个子高高的,脸庞黑黑的,才从县民政局退休,看到村东的小山林被人糟蹋得心痛,自告奋勇申请上了山。

这年冬天,父亲进城打工从建筑架上掉下来,摔坏了腰,不仅没挣着一分钱,家里还要东家借西家凑弄钱给他看病,眼看冬天到了天冷了,家里却连个煤渣儿都找不到。

当全家犯愁的时候,我发现了游手好闲的黄二不知从哪里弄来了一排车树枝子,村里的大喇叭,中午就报道了有人到山上偷树的事,说要严肃追查,决不迁就姑息。可过了两天也没见黄二怎么着,仍然躺在自己暖烘烘的炕上抠他臭得没法闻的脚丫子。

我决心铤而走险,明知危险,偏向山行。第二天晚上,我手提铁镐,三下五除二在山脚下弄倒了十几棵小树,用绳子一捆扛回了家。躺在冷炕上的父亲把我臭骂了一场,可妈妈不管它哪来的,七手八脚把这些小树折巴折巴放进了灶膛里。

一个星期未过,小树化成了灰烬,干叶儿都没剩下,家里的空气又凝固成了冰,父亲蜷在冷兮兮的被筒里腰疼得直哼哼。

于是,我又一次坚定了"再向山行"的信念和决心。身为家中长子,应该为父担责,为母分忧。当时,我曾为我的豪情壮志而心潮澎湃,激动不已。

山黛如墨,月洒如泼。

我右手持铁镐,左手握扁担,像电影里的革命侦察员一样机警穿梭,迂回上山。一切顺利,说干就干。一棵,两棵……七棵,忽然,背后"汪"的一声,蹿出一只黑毛白腿的花狗,开始对我"汪汪"直叫,我吓得一个哆嗦,手中的镐跌落在地上,转过身去,看见王大伯的狗子"金刚"瞪着两只黑得发亮的大眼,站在我身后一米之距不温不火地"汪汪",那样子好像对我提出严厉批评、怒斥和表达着对我不法行为的不满。我壮着胆子叫它:金刚,不要叫,是我。我知道是你。金刚的后面传来了厚重的声音,那是王大伯在说话,我吓坏了,抓起铁镐,贼似的向丛林中飞奔,奔跑中听见王大伯说,快,金刚,阻止他。金刚"嗖嗖"几下蹿到了我的前面,挡住了我逃跑的路。我大声叫,你给我让开,让开!它不仅不让开,还一个劲儿朝我一边"汪汪"地叫,一边吐舌头。我气急败坏,怕王大伯抓到我,便拿起铁镐朝金刚劈去,只听见它"嗷"的一声迅速跳出去,月光下,金刚右前腿有黑褐色的液体流出,白腿很快被染成了黑色。

金刚有点是可忍孰不可忍,张开嘴瞪大眼,恶狠狠地注视着我,似有剑拔弩张之势,王大伯气喘吁吁终于赶到,马上制止了金刚的动粗行为,金刚很委屈,趴在地上"嘤嘤"低语,就像一个受了欺负还不让辩解的小孩。

我不管这些,拎着铁镐撒脚狂奔,王大伯提着土枪边追边喊,娃,别跑,你给我停下。他叫得越凶,我跑得越快,也不知跑了多久,也不管到底是哪,反正想,只要能甩掉王大伯,不让他抓住,那就是我最后的胜利。

终于越过一条小河,河水很浅但冰很薄,还是弄湿了我的鞋和裤腿,我回头看看王大伯和狗没追上来,就安下心坐在一块大石头上歇息。

寒气袭人,夜深廖静,我昏昏欲睡。突然被干树叶晃声惊醒,五米之处有一狗样的庞然大物,正用绿森森的眼光瞪着我,似向前又非向前,时不时张开觜,伸出舌头舔一下那锋利的牙齿,再看看它的前腿,我不由得一个寒战,这可不是金刚,狼——肯定是狼,横水山区的孤狼,凶狠无比,连牛都不是它的对手。我全身的汗毛都竖了起来,尿一滴滴流进裤腿里。我想,这下可完了,小命没了,我当时只想哭,这里哭着那里还抱怨爸妈不来救我。

孤狼终于发起进攻,它一步步逼近,在剩下两步时,它猛地站了起来,然后张开大嘴发出"呜"的一声长叫,把前爪伸向我的肩膀,在这千钧一发时刻,"哗啦"一声,金刚从河对岸冲上来,张开大嘴扑向孤狼,没有防备的孤狼一下子后仰过去,于是狗狼战在了一起。金刚初战告捷,可孤狼个大威猛,又加上金刚前腿受伤,不一会就被孤狼咬得遍体鳞伤,只有招架却无还口之力。王大伯这时已赶到河对岸,他扯着喉咙对我叫喊:快,帮金刚一把,快呀!

我这才从噩梦中挣扎出来,抓起镐头照着狼的后腔就是一下,孤狼受了伤,又转身向我扑来,可后腿却被金刚死死地咬住。

王大伯过了河,孤狼面对人多势众,掉头而走,可屁股和腿受了重伤的它却怎么也跑不快,一瘸一颠,一颠一瘸,边走边回头望着王大伯和他手中的枪,王大伯恶狠狠地端着枪对着它,一秒——两秒——五秒过去,王大伯却把枪猛地竖起来,"砰"的一声,空中炸开了一片猩红的火团,清水河两岸哗啦啦地下起了弹雨,弹雨之下,王大伯抱着"金刚"号啕痛哭。

金刚因流血过多而光荣牺牲,王大伯也辞去了护林员的工作。

从此,横水山区再也没有人见到过孤狼。

## 屈 死 的 狗

这可是一件不得了的事,村主任家的狗被村民的狗咬伤了不说,而且还咬没了尾巴。

村主任在村里向来说一不二。连村主任家的鸡狗鹅鸭,在村子里也同样地位显赫,不容侵犯。村主任家的大公鸡昂着头别着翅膀神采奕奕地走在大街上,那样子俨然像村主任,谁也不敢去招惹它,车辆行人都会老远躲着它。如果谁的鸡跟村主任家的大公鸡干上了,那家的鸡主人就会慌忙跑过来驱赶自家的鸡。原因很简单,一方面他们是怕伤了自家的鸡无人赔,更主要的,怕自家的鸡啄伤了村主任家的鸡,自己无法向村主任交代。

怕啥来啥，我家不知死活的大黑狗竟然咬了村主任家的小黑狗，大黑也不知哪来的仇恨，不仅把小黑咬得遍体鳞伤，而且还狠命咬掉了小黑的尾巴。

这话要是传到外村，村主任的脸面往哪儿搁？村主任毕竟是村主任，此刻却展示出领导风范，他没有马上去找我爹。可村里人沉不住气了。他们开始对我们家阴阳怪气，要么用白眼剜我爹和我娘，一夜工夫，还往我家院子里扔了四片破瓦、两块石头和一包狗屎，有人公然在我家大门上用红砖头写下了四个大字：狗胆包天。

第二天天刚亮，治保主任就带着几个人敲开了我家的大门，治保主任指着爹的鼻梁说，颜三，你也不看看你什么样子？你家的狗咬伤了村主任家的狗，你怎么到现在还不去给村主任请罪赔礼，狗不懂事，难道你也不懂事？平时也不知道好好管教一下你家的狗，把你家的黑狗交出来，我们要好好地惩治惩治它，连村主任家的狗它都敢咬，简直是无法无天了。狗呢，跑哪去了？治保主任扭着圆圆的脖子环顾了一下院子，跟治保主任一起来的几个人早已动手开始找狗了。

爹耷着脑袋蹲在屋门口，低声咕嘟：吓跑了，一天一夜没回来了。治保主任一边张罗人找狗，一边动员爹去村主任家。爹的烟屁股使劲地在拇指和食指间搓着，烟丝子不分点地撒落在肥硕的裤裆里，然后他猛地扔下烟屁股，用双手拍了拍黏在腚上的灰土，一猫腰进了自己睡觉的里屋。

一会儿，爹佝着背从里屋出来，手里却多了个黑乎乎的纸包包，他耷着脑袋跟在治保主任的屁股后面，慢吞吞地向村主任家走去。

村主任扒光了上衣仰在自家院子中央的躺椅上，面无表情地把绷紧的嘴与紫砂壶的小嘴儿对接,咕咚咕咚,大黄牛样饮了好一会儿,又伸出左手臂抹了一下流进脖子里的淡黄的茶水,然后面无表情地看了一眼站在他脚趾前点头哈腰的爹,接着把右手的食指和中指伸向旁边的烟盒,爹赶紧跑上前,替村主任把烟盒拿起来,他刚想取出一支给村主任递过去,却又马上缩回来,伸手从自己怀里掏出了一盒好烟,捏出一支给村主任点上,然后把烟小心地放在村主任家的木凳上,村主任板凳样的脸似乎有了些凸凹,他长长地吐出一道烟雾,继续沉默着。爹终于沉不住气,说,村主任,我也不知道该说啥好,我家大黑狗有眼不识泰山,他竟然咬伤了您家的狗,都怨我没管好,都怨我……说着,他从怀里将纸包掏了出来,吞吞吐吐地说,村主任,我也不知该怎么赔,家里就还有四十块钱,是我去年卖土坯攒下的,您就拿着给小黑治治伤吧。

村主任颜面上终于有了些喜庆,他从躺椅上懒洋洋地坐起来,一边不轻不重地拍了一下爹紧攥着钱的手,一边说,瞧你,颜三,你看这不是太见外了不是,我是谁?我是村主任,咱是谁?咱们是乡亲故邻,低头不见抬头见的,你干吗这么客气,是不?村主任的一席话,让爹的手重新颤抖,言语也一下乱了方寸,我——村主任——知道你——是个大度的人,要不,你怎么能,领导一村的人呢?村里的人,不,老少爷们都服你。

村主任一声不响,尽情享受着爹的恭维,眼睛眯成了一条线儿,本来还想再客气客气,村主任媳妇不乐意了,一把从爹手里将钱夺下来,推扭啥推扭,你不收他的钱怎么给小狗看伤?我瞧你们俩就是一对吃多糖稀的狗黑子,黏上扯下的没个完了。走——走——走,她推着爹的胳膊,把爹往大门口送,一边送一边说,你们家的那黑狗肯定疯了,再不处理,早晚会伤人的。村主任附和

着,对,对,一定要抓紧时间处理。

爹原以为跟村主任认了错,赔了钱,就能保住大黑的性命,村主任跟村主任媳妇的一番对白,让他从头凉到了脚后跟。爹知道,大黑是我们全家的命根儿,弟弟七岁那年在河里洗澡,差一点被淹死,两岁的大黑不顾一切地刨过去,弟弟搂着黑儿的肚子上来的。为这,爹不顾娘的反对,硬是从集市上买来了二斤筒子骨,专门给大黑炖汤喝。

大黑咬伤了村主任的狗,这可是犯下了天大的错,爹一路走着一路埋怨,黑呀黑,我的黑!你咬谁家的狗不好,偏偏咬村主任家的,村主任说要处理,我胳膊拧不过大腿呀!爹想着想着,眼圈就红了,他咧了咧嘴,想哭,可看到对面走来一个人,他又马上低下头把嘴唇紧紧地咬起来。

爹一回到家,就满院子找东西,娘见他六神无主地在院子里转悠,问,你丢了魂? 瞎转悠个啥呢? 爹也不说话,还是找,终于在窗户下的台子上发现了一个小镐头,他过去抓起来就外往走,娘在后边撵着喊:他爹,你要做啥? 你要干啥?

爹发现大黑的时候,治保主任早已带一帮人在那里围攻了,大黑钻进了全林家的玉米秸垛里,伸着头对着攻击它的人狂吠,它以为大叫几声就能像往常一样把他们吓退,可它错了,这次情形非同以往,咬了村主任的狗就等于犯了王法,犯了王法又有村主任做主,看样子不把大黑就地正法或者缉拿归案是誓不罢休了。哎,我的大黑,可怜的黑儿,看样子你是在劫难逃了呀!

爹的到来让治保主任愁云散去喜上眉梢,他老远就喊:颜三,你终于来了,快,快想办法抓住它。

爹看着叫得撕喉裂嗓歇斯底里的大黑,难过地闭上了眼睛,旁边的治保主任猛地推了他一把,他一下子冲出了人群里。

大黑突然不叫了,他激灵了一下,马上睁开眼睛,见大黑正用两只黑洞洞的眼睛满含乞求地望着他,前腿似乎抬了抬,好像说,主人,你可来了,快救救我,你看他们这些人要干嘛,非要置我于死地吗?

爹的腿似乎被绳子缠住了,迈不开步儿,过了好一会,他才慢慢地走近大黑,大黑也一下一下从玉米秸里往外挪,尾巴从秸垛里面露出来,朝爹摇了又摇,接着,它抖了抖身上的柴草和灰土,把前爪伸给了他的主人。

爹落泪了,可他又马上摇了摇头,蹲下去用粗糙的大手摩挲大黑的脑袋和身子,一遍——两遍——三遍,村会计德发不耐烦了,在那儿骂:颜三,你他娘的干啥呢?磨磨蹭蹭的,还不赶快下手,晚了可没机会了。爹似乎没有听见他的叫骂,仍在摩挲着大黑的身体。治保主任沉不住气,用铁锨戳了一下大黑的尾巴,大黑马上站起来反攻。爹呵斥了一声:过来,趴下。大黑看了看治保主任,又望了望爹,不情愿地转过来,无奈地趴在了爹的脚下。

爹又把左手伸过来,使劲摩挲了一下大黑的头,右手哆嗦着抓起镐头,闭上眼,皱起眉头,狠狠地敲下去。

嗷——嗷——随着悲痛的长号,大黑晃晃悠悠地站了起来,它睁大眼镜瞪着爹和爹手里的家什,十几秒后,它再没有坚持住,倒下的那一瞬间,我看到了一双哀怨的眼神和两颗硕大的泪珠。

爹抱着大黑踉踉跄跄地回到家,娘正在锅灶旁烧开水,她把锅里的水烧得鼎沸,热气顶得锅盖儿啪啪地响,通红的灶火把娘的脸和眼睛染得红红的,眼周描了几道深浅不均的灰痕。爹把大黑还有点余温的身体放在灶旁,说,算了,别烧水了,煮了咱也吃不下,把它埋了吧。跟二娃说,是大黑自己不小心跑丢了,要不,二娃知道了,肯定会伤心,再不吃饭。

爹默默地在石榴树下挖坑,挖老深了还挖,挖了半米深,他轻轻地抱着大黑,手依旧抖,爹把它慢慢放进去,如同往坑上放一个熟睡的孩子,眼里红红的湿湿的满是爱怜,然后,他开始一把一把地用两只大手往坑里撒土,埋着埋着,爹开始抽泣,泪蛋儿滴落在手背上,再沿指缝和入泥土中。

用了一个多小时,爹才完成对大黑的埋葬仪式,他站起来活动了一下腰身,走进堂屋,把沾满泥土的双手在胸前蹭了两下,艰难地抬起臂膀,摸过木几上的酒瓶子,慢慢地倒上一小茶碗儿酒,又伸手从菜碗里捏出一小块萝卜条,使劲儿咬上一口,嚼都没嚼,就端起酒盅,脖子后仰,倒进他瘪鼓抖动的厚嘴唇里。

# 让有罪的灵魂安息

初春的风刮得正劲,天空中飘着绵绵的雪花儿。我和张教导员去省城处理犯人许保国的后事。

张教导员是一名老警察,赶年头儿四十五岁,岁月的沧桑藏在他宽厚额头的皱纹里。他说今年是他的驴命年,注定要忙碌劳累,要经历一些沟沟坎坎。他还说他当年的教导员李赞同志就是在四十五岁那年死的,一个犯人在田野里劳动时逃跑了,他拼命地追呀追,等把逃犯累趴下的时候,他自己不知是劳累还是兴奋,心脏病突发不行了,李教导员临终时紧攥着犯人的手,说,你一定得回去,一定,听从……命令俩字还没说出来就闭上了眼,后来是这个逃犯哭着把他背回来的。

对刚刚参加工作的我来说,还是第一次听到这种事,跟您说这话,你肯定会拿眼瞪我:骗鬼呢!看监狱的和蹲监狱的都是傻子吗?

别说你们不信,开始我也不信,可我看到张教导员用手指去抹眼角的时候,我相信了,我不知道怎么安慰他,揶揄了半天,说,那个年代你们真了不起。张教导员转了转头,长叹了一声,了不起的事情和倒下的人都太多了,那个岁月真让人刻骨铭心。

到了泉城,雪花儿仍在飘,我们谁也没心情欣赏都市的雪景,张教导员神情严肃地坐在副座上,把烟一支接一支地塞进干裂的嘴唇里。

车开进一家大医院,我们被人领进了医院后面的一个角落,四周高楼阴森森的。只有这个地方低矮晦暗,幽幽的冷风吹来,我不由得从头到脚抖了一下。

处理完医院的相关事宜,我们焦急地等待许保国家人的到来。直到傍晚,他大哥才打来电话说,许保国作的孽太多,家里人都恨他,家中也忙,不准备过来了。你们来了,自行处理吧。

晚上十点,我们在迷茫的雪雾里等到了缓缓而来的葬车。管理太平间的小伙子早已给我们开出了一个账单,共计1270元。听着小伙子在那如数家珍,我和张教着实吓了一大跳,张教员随口说了一句,怎么这么贵?旁边的高个儿小伙似乎不太满意,阴着脸说,这还是最便宜的,我们是按照民政部门规定收费的。张教导员又问,是不是连送葬的钱都有了?算账的胖小伙子头也不抬,抬死人另算钱,得再加五百。

张教导员悠悠地抽着烟,一言不发,等把这支烟抽完,他才说,我们俩就为许保国再工作一回吧,同时也能给单位省点钱儿。我看了看张教导员,又瞟了瞟旁边眼睛睁得老大的小伙子,点了点头。

许保国的尸体从冰柜里抽出来,张教导员拿出了一身崭新的工作服给他有板有眼地穿上,仔细扣上每一个扣子,末了,还拉了拉窝在他胸前的皱褶。拉尸体的司机师傅看不下去了,在那嚷嚷,他们这种人,还值得你们这样待吗?对他再好,有嘛用,真让人不可思议。张教导员一边帮他盖上冰柜一边说,犯人尽管犯了罪,但他毕竟还是人,死了,就什么都没了,把最后做人的尊严留给他吧。

我和张教导员一前一后抬着许保国艰难走着,厚厚的积雪咯咯吱吱地响不停,小伙子倚在门口怔怔地看着我们,叹了口气,又摇了摇头,然后很不情愿地关上铁门。

司机师傅好像被感染了,他在车上给殡仪馆的服务人员打了电话,车刚开进来,两个穿白大褂的小伙子早已推了担架车等在门口了,他又亲自领我们挨个地儿办理了手续。我和张教导员也很感动,张教导员说,谢谢您,师傅,让您受累了。师傅操着地道的泉城口音:我累嘛累!你们才累呢!十几年了,我还真没遇见过像你们这样的。我是被你们,咳,什么也别说啦,赶紧抬进去火化吧。

许保国随着一明一闪的火光化成一堆灰儿,骨灰装进了黑漆漆的方盒里,张教导员说,许保国在监区里改造很努力,因为他想彻底改好,让家人看得起他,可他病了,家里最亲的人却不要他了,所以他的人生很孤独。说着,张教导员递给我两元钱,你到门口买刀纸,咱们替他的家人送他一程吧。

火纸在炉灶里飘荡着,张教一边烧纸一边跟他说话,许保国呀许保国,你说你为什么要犯罪呀!既害别人又害了自己,我们千里迢迢去你的家里,可你的兄弟姐妹媳妇孩子都不要你,众叛亲离,你说你值吗?一路走好吧,下辈子可千万不要再走歪门邪道了,一定要自重自强,走正道,你听见了吗?

灰飞明灭间,我看到骨灰盒照片上的许保国哭了。

## 融化的小脚丫

楚楚晕倒了,张阿姨差一点喊破了喉咙。

楚楚患的是严重贫血,用医生的行话讲,叫什么蛋白生成障碍性贫血,这可是一种严重感染导致蛋白基因缺陷的遗传性溶血性疾病啊,如稍有不慎,可能危及生命。楚楚妈妈把头埋进丈夫的怀里哭成了泪人。

护士把病危通知书推到夫妻俩面前,楚楚的爸爸用颤抖的手写下自己的名字时,一颗硕大的泪珠随之滚了下来,重重地跌落在自己签过字的地方,那一刻,他的心空了。

输血后的楚楚暂时安宁了下来,孩子的脸上有了点红颜色。可一个星期后,楚楚的病情再度反复,而且发烧到了39℃,并肾衰。医院别无选择地从省里请来了专家,可专家光秃秃的脑门跟鼻子眉毛拧在一起,商量了一个下午,愣没思谋出好主意来,也许,妙手回春这词儿,不一定适合每个人和每一件事。

孙主任的脸变得跟楚楚一样面无表情暗淡无光,作为一个从医三十多年专心研制小儿疾病的主任医师,他感到莫大的羞愧和内疚。看着楚楚那双不谙世事和渴望无助的眼睛,他甚至想哭,想着楚楚家人那一双双泪眼和乞求,觉得就像一柄生锈的手术刀在一下下割着自己的心窝窝。孙主任找遍了书查遍了所有资料,甚至把电子邮件发到了欧洲最有权威的研究机构,可他们都在摇头。摇头,摇头,光知道摇头,什么狗屁权威,见你们的鬼去吧!他愤愤地把电脑一下子按死。

腊月的小雪无力地飘着,室内的空气似乎在凝滞,窗子上冻出薄薄的一层冰屑,孙主任摸了摸病床上楚楚发烫的脚心,又看了看迷蒙蒙的窗外。他突然转过身对楚楚说,孩子,伯伯给你画个小脚丫,好吗?楚楚用呆呆的眼神看了看窗外,无力地点了点头。

孙主任把右手的五个指头认真地贴按在窗户的玻璃上。十几秒钟过去,他慢慢地拿下冻得刺痛的手指,玻璃上显现出了四个趾头和一个脚掌的小脚丫,就像楚楚幼儿园里的卡通画。楚楚的眼睛突然亮了一下,咧了一下嘴,想笑,可开裂的嘴唇又马上闭上,她用低低的声音软软地说,真——像。

谁能知道,在玻璃窗上画这么一个小脚丫,还是老孙一再请求,六岁的小孙子才手把手教会他的,而且,他在自家的窗户上用心地模拟了几十遍。

第二天,楚楚走了,脸上带着一丝天真的笑容,这个笑容似乎难以觉察,可楚楚的爸爸妈妈和孙主任都看到了。

刺眼的太阳跳着爬上了窗台,玻璃上的小脚丫开始一点一点儿融化,最后,弥散在病房中的空气里。

## 撒　　谎

儿子向妻子要了二十块钱,说是老师让订课外书。

可下午放了学,儿子偷偷地走进我的书房,伸出小手说,爸,老师让订课外书,你给我二十块钱。我盯着他的眼睛看了一会儿,把手伸进裤兜。

妻子突然出现了,嚷道:你小小年纪就学会撒谎了,早上刚给你,怎么晚上又要,你说说,给你的钱做什么去了?

儿子低着头,嘤嘤地说,我——我丢了。胡说,你分明是偷买东西或者买吃的了,是不是?妻子伸手去捉儿子的小耳朵。

我说算了,不就二十块钱吗?花了就花了。你说得倒轻巧,他浪费钱不说,还在那撒谎,学坏了怎么办?妻子得理不让人。

我问儿子,你真的把钱丢了?儿子只是点点头,低下去不吱声。我掏出二十元钱给他,说,你要放好,可不能再丢了。儿子接过钱,两颗晶莹的泪水滑到了腮帮上。

过了一个星期,妻子去开家长会回来,一进门就叫我,你说咱儿子干了什么事?我说咋了?妻子说,他老师表扬他呢!他同座一个小女孩把带的钱丢了,急得哇哇哭,说她爸病了,就他妈一个人上班,家里没有钱,儿子就把自己的钱给她了,说是从座位下面捡到的。小女孩过了几天才发现,自己的二十元钱还平平整整夹在书里面,她想把钱还给儿子,又觉得不好意思,就向老师说明了情况,让老师交给他。老师没交给儿子,而是直接交给了我。所以儿子跟我们撒了谎,说他把钱丢了。

我拍了拍自己的脑袋,我说呢,儿子从没撒过谎,这次也绝不是撒谎。是个男子汉,像我!妻子不乐意了,像你那可麻烦了,昨天洗衣服还从你兜里翻出二百块钱私房钱,一点不诚实。我一定得把他培养成像我这样,勤劳善良,诚实热情!

我惊诧地望着她,天呀!跟你在一起二十年,我愣没看出来你还有这么多的优点。妻子诡秘而天真的一笑,本姑娘内秀、端庄,淑女都不显摆,你这都不懂?

# 三 维 间 谍

男人的眼圈红红的,娟,你真的要离开我和孩子?

女人杏眼一挑:你以为我还有什么可留恋的?要好吃的没好吃的,要好穿的没好穿的,又和你那老不死的娘一堆儿挤在这黑咕隆咚的筒子楼里,你说我还有什么盼头?

男人一副苦瓜脸,几乎要跪下来,你再好好想想,行吗?你只要不离开这个家,我再也不打麻将、玩纸牌,我戒烟戒酒,以后,我什么都听你的,还不行?

女人嘿嘿地冷笑了两声:别做梦了,说的比唱的还好听,你发了一辈子誓,从来就没兑现过一次!

男人终于流泪了,他跪下来,扯住女人的袖子乞求:娟,我求你了,我会努力干,不怕吃苦,赚许多的钱,一定让你穿上好衣裳,住上好房子,过上好日子,行吗?你再给我一次机会,求你了……

女人瞪着大眼睛,脸上却没有一点儿被感动的痕迹,瞧——瞧,瞧你那窝囊样子,还好意思跪下,滚吧,我还没真见过你这么没骨气的男人。

女人走了,什么东西都没带,手腕里只荡漾着一个小坤包。男人抹掉了泪蛋子,牙咬得咯嘣嘣直响。

女人离婚后没再结婚,而是直接投入到了她的上司——已过天命之岁的文局长的怀抱里,文局长一边咬着她的猩红小嘴,一边喘得跟老牛似的,娟,我的小乖乖,都三十多岁的女人了,咋还这么有滋味,瞧你这对奶子,像他娘的发面馒头。

他们的耳鬓厮磨和秘密幽禁还是让局长夫人知道了,局长夫人经过慎重考虑,决定跟他离婚,女儿是个大学生,更鄙视文局长的所作所为,她全力支持母亲的立场,跟这个背信弃义没有廉耻的父亲一刀两断。

文局长心里不想离啊！我都五十多的人了,离哪门子婚呢?可老婆态度很坚决,死活也不愿再跟他过,没办法,他只能配合。

离了婚的文局长心情挺郁闷,娟娇滴滴地把蛇一样的腰缠在他腰上,嗲声嗲气给他喂着口水,文局长终于释怀,好像一下子又回到了二十年前。

三个月后,文局长被检察院带走了,理由是受贿和挪用公款。文局长恶狠狠地骂娟:你个歹毒娘们,是不是你出卖了老子,我不会饶了你的。娟哭天喊地,拉着他的胳膊死活不让他走,似乎天要塌下来。文局长的心乱了,也许不是她干的,可能是前妻告发的,跟她离婚,她肯定要报复我。

检察院没收了文局长的所有财产,还要查抄女人名下的一部车和一幢公寓。接任局长的原副局长老戴发话了,哥们儿,算了,娟也是个受害者,再说,你们已经把文的财产全部没收了,不要再跟一个弱女子过不去了,以后大家常见面,还要相互照应嘛!

戴局长酒桌上的一席陈辞,让嘴里嚼着鸡骨头的检察院陈科长顿了一下,含糊其辞地应着,对——对——相互照应——相互照应——

戴局长上任没有两个月,就把娟下岗的丈夫安排进了局里,而且当上了管理食堂的后勤副主任,女人的账户上也一下子被打进了十万块钱。

公寓里,女人伸出小嘴,啪的一下在丈夫的满是酒臭的嘴上嘬了一口,说,主任大人,我帮你做了这么多,你打算怎样报答我。男人醉眼蒙眬,色眯眯地望着她,臭婊子,你可是够风骚的,凭你的那点小伎俩,竟然迷倒了两个老男人,我想这半年多来,你肯定没有快活过,今天老子就补偿你一把,明天——明天你赶紧给老子滚蛋。

# 失　　诺

十年前,我刚从学校毕业,踏进一家单位工作。

临近中秋,单位为我们发了一箱通红的苹果,看着这箱鲜艳诱人的苹果,想着几年来为了自己上大学父亲到处打工,母亲含辛茹苦,就连弟弟妹妹都一边上学一边承担起了家庭的责任,这是我工作后第一次发福利,应该让他们共同分享一下这份收获和快乐。

我把苹果箱搬上了我的破自行车后架,再用一条小绳子紧紧绑好，一下班我就跨上自行车，匆匆忙忙向家里赶。

秋日的空气里流淌着丝丝寒意，六点半不到，道路两旁的树木和玉米秸早已涂上了一层浓浓的墨色，我努力地向前蹬着自行车，身后的衬衣黏在了脊背上，凉风吹过，身子和大脑不由自主地抖动了一下。

远处的村庄次第明了，灯光一闪一闪，像空中眨眼的星星。突然，"咯噔"一声，我重重地摔倒了，摔得很痛很痛，膝盖和手掌木木的，好像渗出了点点血迹，车子和苹果箱儿一起歪进了路旁的玉米地里。我顾不得痛，赶紧爬起来，一瘸一拐地走过去，把自行车从玉米地里拖到路上，然后再把苹果箱子上的泥土用手抹去，轻轻地抱上车。我蹲下来，借着微弱的星光发现，捆箱子的绳已被一圈又一圈地绞进了车轮子里。

我费了好大劲儿，才把绳子从车轮里一段段地拽出来，这下完了，车子虽然还能骑，可箱子却没了绑绳，怎么才能把苹果带回去呢？我一下犯了愁。

在这三里不见村庄、伸手不见五指的中秋的晚上，我心里开始发慌，脊背越来越凉，情绪极度沮丧。我一手扶着车把，一手扶了箱子，艰难地沿着漫长的公路向着漆黑的尽头走去，走了一里多路，终于在公路旁发处了一处闪烁的灯光，我的眼睛和心里忽地亮了起来，马上忘却了恐惧和疼痛，推起自行车拼命地向灯光处赶去。

灯火明亮处到了，它是一个小型的棉花加工场，我放好车子走进去，里面的机器轰鸣着，一男二女三个年轻人正在专注地操作着，我走到一个正在操作的小姑娘跟前，小姑娘大约有十七八岁的样子，个子挺高似乎也很秀气。

我对她说了我的想法，只想借她们的一条绳子用用，因为捆箱子的绳断了，家还很远，没有法子把苹果带回去。我在××单位上班，明天一早就会过来还你。姑娘出来看了一下我的自行车，迟疑了一会儿，然后转身进去，拿出来一条崭新的绿色长带子，递给我，说，这是我们捆棉花的专用带子，你不要损坏了，尽快还回来，要不，我们老板会发火扣我们工资的。

我一脸的感激，忙不迭地说，一定一定，我明早经过，一定完好无损地还给你。我拿出自己的工作证，想问她要个纸和笔，她说你做什么用？我说把我的证件押在这里，好给你留个地址和电话。她说不用了，只要你能按时还回来就行。

在这个时候，能遇到这么一位善良姑娘，让我着实感动了一路，甚至突发奇想，跟她谈一次恋爱，直到跨进家门口，我脑子里还满是她的音容笑貌。

可是第二天，我慌三忙四地赶过去上班，却忘记了拿这条带子。在路上我还不停地自我原谅，不就一根带子嘛，她老板也不会真扣她工资吧，后天再带过来，应该没什么关系。

第四天一早，我就骑着自行车赶到了路边的那个小加工厂，厂里，只有一个瘦弱的小姑娘坐在板凳上发呆。我把绳带交给她，问，你们那个小姑娘没来？小姑娘看见是我，鼻子皱了一下，似乎想哭，说，你怎么才送来呀？我说怎么了，小姑娘说，怎么了，俺芹姐让老板给开除了，都是因为你，不守信用，你说第二天送来，第二天却没来，老板训了她，说找不回来，就开除她，她自己一句话没说，就背着行李回家去了。

我歉疚极了，决定向她的老板解释一下，老板一脸沉默，他说他也不想让她走，她干得很好，技术也好，可她自尊心太强，未做任何解释，自己就背着包走了。

后来，老板打电话催她回来，她说自然走了，就不回来了，她决定到外地打工,去见见世面。

想起此事,便有阵阵歉疚袭上心头。最重要的,它教会我该如何守时和信守承诺。两年后,当领导把业务主管的位置交给我时,我瞬间产生了一种冲动,找到那位小姑娘,续写第一次与她相见的感觉。

## 谁杀死了我的兄弟

孟二——我的兄弟,他死在了我的床前,确切地说,是床上。

孟二这个混蛋,这个猪狗不如的畜生,父亲临终时眼泪汪汪地拉住我的手,说,大呀!老二不争气呀!你可得照看好他,让他娶上媳妇有上娃呀!要不,我和你娘死不瞑目啊!

哎!这么艰巨的任务,交给我这个窝窝囊囊、八竿子打不出屁来的主,我能担当起如此重任吗?何况这小子整天吃喝浪荡,游手好闲,一天到晚不干正事。我觉得我活得太累了,心想,糊涂的爹娘啊!你们在世时都修理不好他,一撒手走了,把这个烂包袱扔给我,我哪有这个能耐呀!我在压力和酒精的刺激中大放悲歌,哭得死去活来。倒是媳妇理智,说,爹,您就放心去吧,有我们吃的就有老二的,我们一定让他娶上媳妇成个家。父亲就丢掉我的胳膊,把将死的手伸向他的儿媳,然后可怜巴巴地挤出了最后一滴眼泪。

媳妇省吃俭用,精心操持,终于把老二送进结婚的新房,我由衷地佩服和感激老婆,孟二恨不得跪在我媳妇面前叫声"亲娘"。

兄弟媳妇翠儿小巧贤惠，老二有了家也有了念想，恶习敛了不少，活也干了家也顾了，在外表上给了人一种想好好过日子的想法。邻居刘二婶说，这家人忒不容易，是老大媳妇救了老孟一家人。

可仅仅过了两年，老二旧病复发，不仅懒散成性，吃喝嫖赌，而且还不断骚扰村妇姑娘。王家的媳妇郑家二妮他都骚扰过，不知得手未得手，反正被王家媳妇往嘴里灌过稀屎，被郑家兄弟暴打得半月下不了床。

这个不要脸的混账玩意怎么就不长记性呢？后来竟然跟村西的顾寡妇勾搭上了，打得火热，黑天白夜地死在寡妇那儿，三五天不回一趟家。弟妹翠儿又哭又吼拿镢头刨散了寡妇家的破门，还被孟二这个狗东西劈头盖脸乱扇了一顿。孟家的祖宗八辈的脸面都让他给丢尽了，别人连我死去的爹娘都骂了，这个王八羔子，孟老实一辈子老实，怎么整出这么个没有廉耻的货物来！

我作为孟家老大，他的兄长，实在没有能力教训他，他生得比我高，长得比我壮，因为说他两句，他竟敢拿酒瓶敲破我的额头。我乘着酒劲儿破口大骂：你个狗日的，没大没小，不讲长幼，呸，滚你娘个蛋，去死吧！我以后再也不是你哥，你也不是我兄弟，咱俩从此再没有什么纠葛。也许，死去的爹娘听到了我疯狗似的胡骂乱卷，在我睡着时打了我的臭嘴，因为直到第二天，我的嘴角儿还呼哧呼哧地痛。媳妇说，那是老二个混球扑上来用手爪子抓的。

眼不见，心不烦，打不过，那还躲不过？我跟媳妇告别，坐上火车去城里打工。除了干活挣钱，就是吃饭睡觉，老婆打了两次电话，我都不愿回去。回去干啥，面对这个人人唾弃的东西，面对三村五里的远亲近戚，我抬不起头，丢不起人。睡不着觉时，我老是埋怨爹娘：无用的爹呀！吝啬的娘呀！你们生我的时候为啥偷工减料呢？同是你们身上掉下的肉，凭什么孟二又高又壮，我怎么就又瘦又矮如此窝囊呢？

眼看麦子焦了，自己的心也焦了，不得不回家收季。可不回去便罢，一旦回到家里，不幸的消息却像闷雷一样把我击倒了。这个丧尽天良遭天杀挨千刀的，有一次，他喝醉了酒，竟然强奸了俺媳妇——他的嫂子！

这个狗东西完事了，酒也醒了，还恬不知耻地跪在地上劈头盖脸打自己的嘴巴。他说，爹娘临走时让我们照看他，他如果进去了，小翠就会跟他离婚，四岁的丫头和两岁的儿子就没爹没娘没人管了。

媳妇被他的哀哀戚戚和装腔作势糊弄得心软，只能把牙打碎了吞进肚里。我这一回来，她就一头栽进我怀里，哭得死去活来。

我的心气乱了，肺气炸了，头气晕了，全身跟筛糠似的哆嗦。媳妇说，算了吧，好歹他是你兄弟，只要他改，就饶了他吧，如果他进了监狱，这家人就没了，再说，我们又怎么在这个世上活啊！

媳妇哭得悲切，话也在理，可是一向窝囊的我不想再窝囊，老是隐忍的我不愿再隐忍。我打发媳妇回了娘家，然后吩咐儿子给孟二报信。我告诉八岁的儿子说，你就说，你娘让他晚上十点以后到咱家来一趟，可千万不要说爹在家里。儿子回来说，他按我的话给他二叔说了，他说二叔听了还偷偷地坏笑，在他脸上使劲儿拧了一把。

事情安排妥当，我的心却狂跳个不止。奶奶的，没出息的东西，我是孟大吗？这辈子还能干出件惊天动地的大事来吗？

喝了六两老白干，酒壮怂人胆，我开始磨斧霍霍，胆气十足。十点刚过，我打发儿子到东房睡去。然后关灯上床，头枕斧头，浮思连篇，运筹着一千种一万种杀死孟二的办法。正当思谋，忽然一个黑影自门缝里挤进来,然后蹑手蹑脚向床边游来,我赶紧拉上被子蒙住了头脸。只见他到了床前猛扑上来,伸手就揭被子,我赶忙伸出双手卡住了他的脖子,果真是他,这个猪狗不如的畜生,我掐死你,你个无恶不作的流氓。

我一股浓烈的酒气喷向了他,孟二也一嘴酒臭,他顿时大惊失色,试图挣脱,可我越搂越紧。他也顺势掐住了我的脖子,我奋力挣扎,可他使出了贼力,孤注一掷。正当我伸胳膊蹬腿儿将窒息的时候,突然他"啊"的一声,一个明晃晃的物件"喀嚓"一下就插在了他的后脑勺上,我终于看清,那是把菜刀,随着一个黑影"嗖"地消失,孟二歪着脑袋翻身滚落在床下,刀也"当啷"一声掉在地上。我失去了理智,翻身下床,抱起菜刀朝着他的头脸脖子没命地砍。砍累了,夜也深了,我却一点儿也不紧张,慢慢地竟靠在床腿上睡着了。

等我第二天醒来,手上多了一副锃亮的手铐。是老婆打电话报的案。她怕我出事,一大早就从娘家赶了回来,但还是晚了,等看到床前的那一幕时,她吓得差一点昏死过去。

警察押解着我要上警车,可憨厚老实的百姓们涌过来,说,你们不能带走他,孟二作恶多端,多行不义,早就该死,孟大为民除害,他是好人,好人应该得好报啊!

可所长说,乡亲们,你们错了,孟二再作恶,他也不该杀他,得交由政府处置,私自了结他人生命,这是犯罪。在人群中,我看到了一双游移不定的眼睛,那是我的弟妹翠儿的一汪哀怨。

宣判的时候,乡里乡亲都去了,他们要求法官无罪释放我。当法官问翠儿起不起诉时,翠说,孟二作恶太多,罪孽深重,死了就死了吧。只是大哥无辜,人不是他杀的,他不应该被判刑。

检察官振振有词,说,你不要胡搅蛮缠,经过法医现场指纹确认及科技手段鉴定,确系孟大所为,如果你不愿控诉,也不要包庇他,要知道,这是作伪证,要负刑责。

我终于被判处无期徒刑,也似乎明白了孟二是被谁杀死的了,但我始终没有依据来证明我的判断。几年来,我一直保守着这个秘密,跟谁都没说过,包括我老婆。直到我出狱,翠儿仍是一个人带着闺女和儿子艰难地生活着,一双儿女长得俊雅周正,双双都考上了大学。听老婆说,弟媳妇不知将多少怨男情哥都拒之了门外,用单薄的身子骨撑圆了这个就要瘪掉的家。

她是凶手吗?这根本不可能,老婆打死都不相信。因为每个年节,她都不会忘记带着一双儿女给孟二上坟。她跟她的儿女们说,你爹年轻时尽管犯了错,可他也因此搭上了性命。他是你们的爹,他很爱你们,在他祭日的时候,你们别忘了给他多烧些纸钱,不要让他因为没钱花,再离开这个家,流浪到别人家里过日子。

## 孽　　根

话说明宣德九年正月初九,河北同州牟家正披红挂彩,鼓乐喧天,觥筹交盏,人声鼎沸,好不热闹。

原来,牟家独子牟发举经过七个妻妾的轮番努力,在他五十八岁那年,终于老树开新花,由四十岁的五太太为他生下了一个带把的儿子。

幺儿子排行十二,十一个闺女被牟老太太使唤得像买来的丫头。老太太沐浴更衣,双手合十,颤巍巍地跪倒在牟家祖宗牌位前,老泪纵横地念叨:牟家的列祖列宗,公公婆婆,我那早去的相公,牟家终于有后,香火可得续延,老身我——死而瞑目了。

牟家小公子长至周岁,举家相庆,一算命瞎子主动上门卜卦,说小公子排行十二,十二乃"王"也,日后定当富贵,光宗耀祖。老太太自然喜不胜收,当即命家人封纹银五十两慷慨相赠。说若中其言,日后定当还愿。

牟十二长到两岁,唇红齿白,聪明伶俐,人见人爱。牟老太太视若命根,一天不见,茶饭不想,两刻不闻,坐立不安。这年春末,风清日明,一日,老太太手扶龙仗,仰卧于逍遥椅上,双眼迷离,看着蹒跚的孙子在大院里独耍。大头心肝一会儿站起一会儿蹲下,一会儿欢叫一会儿自语,提青枝而攘狗,揪黄花而斗鸡,牟老妇人甚觉欣慰,独自会心暗笑。

牟十二正蹲于地上撒尿,"鸡鸡"如小蝉附树,清流哗哗作响。这时,一只三月龄的小狗摇晃而至,先俯首舔尿,后遁水求源,终于找到了这个像乳头样的物件,于是不失时机地又啣又舔,牟十二颇感舒服,任由其舌唇抚摸,纹丝不动。

牟老太太正身心醉然,接受日光的洗礼。忽然一个喷嚏打开了惺忪的眼皮,她搭眼一瞧,发现一只小狗儿正忘情地舔着宝贝孙子的胯下,顿时吓了一大跳。她"唰"地一下从躺椅里站了起来,迈开小脚一边小跑一边冲着那狗儿怒吼:滚开,滚开,你这个不知轻重的畜生!

这声嘶力竭的怒吼,不由得让狗儿和牟十二同时激灵灵打了个寒战,寒战过后,狗儿满嘴是血,孙子痛苦号啕。

牟十二的下边没了,可怜的小狗儿被判处了极刑。牟家的氛围比牟老太爷死的时候还哀伤,因为牟家生生不息的希望之根,在顷刻间,却被孽障给咬断了。

最难过的莫过于牟家老祖宗,她一天哭昏过去好几回,小狗咬去了孙子的"鸡鸡",那就等于咬断了牟家的香火,这比咬断她的脖子还难受呢。

她把牟十二的"鸡鸡"用黄绸布精心地包裹起来,跟列祖列宗的牌位供奉在了一起,早晚叩拜,夜间焚香。她觉得,只要她诚心祈祷,恳求上苍显灵,祖宗庇佑,孙儿的小"鸡鸡"有朝一日还会再长出来,而且能长得又粗又壮,就像她家院子里祖上遗留下来的那棵枝叶茂盛的古槐。

可是,供桌上的"东西"越来越干瘪,孙子胯下的物件也一天天萎缩。心力交瘁的牟老夫人在老头祭日这天,再也无法承受"后继无人"的痛苦和折磨,跪在拜案前一夜不起。五更鸡鸣时分,她一把抓过黄绸布包,连布加"孽根"一起吞进了嘴里,随着一阵阵呛咳声,牟老太太的眼睛很快变成了东方鱼肚样的灰蒙蒙的天。

五年后的深冬,聪明伶俐的牟十二成了贤宁宫里的一名小太监。仁者乐山,智者乐水,牟十二凭着自己的投机和聪灵很快得到了皇后的赏识。十八岁那年,他力挫雄阉,一跃成了贤宁宫里的总管,人送绰号"三公公"。别小看这阉宦老三,那可是宫中红人,皇后说一不二,后宫嫔妃宫女太监无一不看他的眼色,小恩小惠自然少不了他的。甚至有些大臣将官,也搞起了"曲线救国",将大把大把的黄金白银,玉珠玛瑙,古珍书画毫不心痛送到了牟总管的手里。

牟家庄牛B起来,气派得像个州府,驿道修了五六里,牌坊立了三四座,工整的大楷撩人双目,无怪乎什么家风孝悌,芳留千古,祖荫圣恩等等,峨梁飞檐,气势磅礴。更有巴巴犬臣舞弄文墨,把华藻丽词涂画在这个无根无须的阴阳门上。

牟家陵寝,更有王者之气,从前向后建了御桥、陵门、神道、二门、寝殿、三门、牌楼、地宫。牟家庄的男女老少感叹不已,牟十二这孩子真如那瞎子所算,果然成了"王"了,甚至比"王爷"还雄。为了能让自己的儿孙像牟十二那样进宫当个有权有势的太监,他们不惜断子绝孙,将幼小的蘖根纷纷斩下,以求来日的虚荣和浮华。

三公公终于东窗事发,缘由是参与皇后密谋,帮二皇子颠覆政权,结果事情败露。皇长子初登大宝,即将二皇子流放千里,皇太后软禁定阳宫,牟公公全家抄斩,诛灭九族,掘坟开墓,暴晒三日。牟家庄即刻被烧得天昏地暗,杀得血流成河。秋风萧萧,残叶瑟瑟,乱石堆砌,尸骨累叠。

冥冥之中,游狼野狗成群而至,肆意舔血噬肉,嚼骨吸髓。乱岗土冢上,一块灰暗的黄绸布格外醒目,在伯夏的骄阳里映射出刺眼的光芒。

# 顺　　溜

小王庄要搞新农村建设,村里扯东到西整修了街道,挖了排水沟,路两旁也栽上了花草和垂柳,可柳树栽到王老汉家门前,王老汉死活不让挖坑。村主任问他,为啥？王老汉蹲在地上狠劲地抽烟,就是一句话不说。王老汉的儿子笑了,说,叔,你还不知道我爹是个老古董,他说房前梧桐坟前柳,这是老祖宗传下来的规矩,不能变,谁家把柳树栽到家门口,不吉利。

村主任也笑了,周围的一帮男女老少都跟着笑,老婆子说,老顽固头,你看都什么年代了,也不让人家笑话。王老汉有些心虚,站起来哧溜一下钻进了大门缝里。

村主任也不理会他,依旧照章安排人在他大门前栽上了两棵粗壮的垂柳。

柳树栽上了,叶芽儿像小鸡籽的尖嘴儿,毛茸茸黄彤彤晃人眼,给整个街道增添了少有的生机,可王老汉怎么看都觉得不顺眼,心里暗自生气。

心情一不高兴,做啥事儿好像都不太顺。王老汉家老山羊刚下的小山羊不知什么原因夜里突然死了。王老汉铁着脸去赶集,结果在市场上跟一个小贩吵了起来,卖完羊想买点儿油盐酱醋,却被商店的小姑娘发现攥在自己手心里的十元钱是假的。小姑娘还当着一店的人讥讽他,大爷,看清楚了,这可是张假币!要是看不清,买个老花镜带上,好不好?王老汉一听,伸手夺过钱匆匆向卖羊的地方赶,可哪里还有买羊人的影子。老汉回想起跨出小商店时的情景:人们的目光都钉在他的脊梁上,小姑娘还喋喋不休,这么大年纪了还玩这一套,也有点太落后了吧。

老汉越想越憋气,把所有倒霉事一股脑儿全推到这柳树上。想着想着就觉得两腿发软,心慌眼晕,但他还是咬着牙挺回了家,到家后饭也不吃水也不喝,直接猫进自己的小屋睡觉了。

夜深人静,巴狗儿藏进了草垛子,王老汉披衣下床,悄悄打开院门,用小锯条儿在大门口的两棵柳树根上锯了好一个时辰,锯完了还用土掩埋了痕迹。做完了这些,王老汉心里说不出有多畅快,自己倒上一壶小酒,就着花生米儿一直喝到天麻麻亮。

过了些时日,大门右侧的那棵柳树蔫了,落叶了,只剩下干条

儿,后来索性瘦成柴杆儿。而左边的那棵垂柳却翠色依旧,不仅活得旺势,根部被锯的窝儿还长出一颗大瘤来。

修完路不到三个月,儿子找到了一个如花似玉的媳妇,媳妇家富有,陪送了一辆四轮农用汽车,还给了五万块嫁妆钱,儿子和媳妇用这钱沿街盖了两层小楼,下边开门市,上面办了缝纫班。这下,钱哗啦啦地直往老汉怀里钻,搞得王老汉的腰里整天鼓囊囊的。第二年春上,王老汉从集市上买来一棵枝繁叶茂的垂柳,他亲自刨坑浇水,方方正正地把它栽在自家大门右侧。王狗子见了笑他,老叔,你不怕门前栽柳不吉利了?

王老汉眼一瞪,屁小子,你懂个啥,这叫顺柳(溜),知道不!

## 太阳旗下的罪恶

森田正在诊所里给一名孕妇接生,来了两个剽悍的日本大兵,由不得他挣扎和解释,就仰面朝天地把他架走了。

把我放下,强盗,法西斯!我在给女人接生!他的叫骂声让抓他的长官很不满意,穿着皮靴的少佐左右开弓,"啪啪啪"只三下,森田鼻孔和嘴角里便有殷红的东西涌出来。

森田被塞进一个漆黑污浊的船舱里,带队的日本宪兵叫:快点,把你们的衣服统统脱光,一件的不留!大家你看我,我看你,迟愣着,士兵又叫:一丝不挂,快快地干活,向前走!

于是森田和其他人赤身裸体地脚挨着脚腹贴着背往前走,一直走到舱的尽头,森田才发现,这是在给他们发日本军服,穿上它，那就意味着从今天开始，你就是一名正式日本军人，所从事的工作就是杀戮。

　　森田对此深恶痛绝，他正想提出抗议，可走在前面的一个矮个子男人出事了。日本士兵见矮个子男人穿着一个鼓囊囊的花裤头走过去，命令他脱下来，他就是不脱，一个士兵过来要强行给他扒下，他一边挣扎一边叫喊：我不愿当兵，坏蛋，我刚结婚，我要回家，我要见我妻子。站在舱口的少佐迈着皮靴声走过来，"唰"的一下抽出军刀，对着小男人的裆里向上一挑，裤头滑落在地，同时掉落下来的还有一卷纸币和一个白色的肉球，再看阴囊裂了个口儿，血液从小口里汩汩流出，一滴滴撒落在甲板上。小男人忘记了害怕，惊愕地望着自己的下边，然后一声惨叫后仰过去。

　　走出船舱他就上了战场，枪炮下房屋成了断壁残垣，刺刀下生灵成了尸体，森田想起了自己的犹太人导师的一句话：我们手中的刀是救人的，而不是杀人的，因为我们面对的是需要帮助的人，我们应该用医术拯救他们。上帝呀！我的民族成了疯子，大日本国民成了嗜血成性的魔鬼，天皇呀！天皇，四海之内皆兄弟的话，你拿去骗鬼吧……他正嘟囔，后脑勺被一个士兵用枪托重重地撞击了一下。

　　九月十八日，伊藤大佐突然宣布，为了纪念大日本帝国胜利进占中国三周年，实现大和民族大东亚共荣之愿望，特地从日本空降二十名日本女人对士兵们表示慰问，晚上六点准时列队进入营区。

　　森田跟随六百多个士兵列队进入同林兵站的大木厦，里面却传来了鬼哭狼嚎、撕心裂肺的哭叫和肆无忌惮的淫笑，森田不敢窥视这个鄙恶场面，把头脸埋进衣领里。可到了跟前，自己的下巴却被一只戴白手套的猪手掀了起来：你的，抬起头来，好好地欣赏,看中的上去的干活。森田把空灵的大脑和复杂的眼睛向木厦后壁的大通板床上望去,十几个女人光溜溜地靠依在墙壁上,任由十几个赤条条的狼一样的男人变着花样儿蹂躏着,她们的肉体和男人一起颤抖,发出的声音却截然不同,女人哭叫,而那些男人,却像恶狼捕到小羊一样发出快意的号叫和奸淫的狂笑。

　　森田觉得胃内的东西直往上翻,他想退出去,却被旁边的士兵踹了一脚,他差一点趴倒在前面正热火朝天对女人施暴的日本少佐的脊背上,少佐骂了他一句,因为正忙着,不想就此坏了性致,所以未腾出手来收拾他。而此刻的他,却一下子惊呆了,躺在他面前被少佐骑在身下的,那不是他的新婚妻子美子吗？他的眼里"腾"地充满了红色,像一只急到极致的雄兔,用咬人的眼睛怒视她和少佐,美子在痛苦和哭喊中似乎也发现了他,嘴里呢喃着,然后用双手捂住颜面伤心痛哭。作为一个男人,他又怎么能容忍别的男人骑在自己的妻子身上如此撒野呢！而且是在他面前,她的新婚的丈夫面前。森田不顾一切地将肆意享受的少佐推了下去,没有任何防备的少佐被仰面推下了木板床,重重地栽倒在地上,少佐恼羞成怒,迅速从地上爬起来,一阵拳打脚踢,把森田整了个鼻青脸肿,然后又翻身爬到了美子身上。森田却冲向了一个站岗的士兵,以迅雷不及掩耳之势夺下了插着太阳旗的钢枪,转身刺向了得意忘形的少佐。"啊"的一声,少佐滚落下来,森田狠狠地用刺刀向少佐的下身戳去,少佐下腹顿时血肉模糊,号叫着没命地向外逃窜。

　　森田扑上前搂住了妻子,美子泪眼汪汪地望着森田,痛苦而羞愧地低语:对不起,森田君,我对不住您……森田一句话也不说,只是紧紧地搂住美子娇弱而受伤的躯体,牙齿深深地扎进了嘴唇里。

枪响了,一小队日军端着枪冲进来,对着森田和美子不停地扣动扳机,森田抱着美子一动不动,血流同时从森田的胸部和美子洁白的躯体里喷出,殷红如注,身后的太阳旗慢慢倾倒下来,盖在他们被野蛮践踏过的地方。

## 痛 与 苦

一个天气晴朗的周末,我和妻子带着四岁的儿子一起到商场购物。走在马路的人行道上,我发现了一名双腿缺失趴在木板上的乞讨者。那个人时不时还吹两口小喇叭,意思是招惹行人注意他。妻说,他太可怜了,我说他的日子一定很痛苦很艰难,就掏出两枚硬币,叫过儿子,让他给乞讨的叔叔送去。

儿子接过钱跑过去,不一会儿就回来了,我问他:你把钱给叔叔了。儿子撅着小嘴,说,只给了他一枚钱。我和妻很是惊奇,问他为什么?他说,你瞧那个要钱的穿着黄大衣,碗里一大堆钱,还吹着小喇叭,他有这么多钱,还高兴得吹喇叭,怎么能痛苦呢?我才不信呢!

我的心一下子收紧了,心想,孩子是在无忧无虑和天真快乐中长大的,他根本体会不到人世间的那种苦痛和哀伤,于是,我琢磨着,如何才能让他体会一下生活中的痛与苦,多一些对人的同情和社会的责任呢?

在公园里,我发现了一个约四十公分高的小石凳,知道儿子喜欢从上往下跳,就对他说,儿子,站在石凳上,我看看你能跳多远？

儿子高兴极了，飞快地爬上去，一边爬一边说，爸爸，爸爸，你可得接住我。我说，没问题。他就喊着一二跳下来，我没接他，一屁股坐在地上的儿子用惊恐和痛苦的眼神儿扭头看了我一下，然后大放悲歌。妻说，你这人怎么这样呢？坏透了你。她跑过去把儿子拉起来，问摔痛了没有，儿子撇着嘴，含着泪直点头。

回到家，儿子直喊屁股痛，我赶忙扒开一看，屁股上擦破了一层小皮，尽管很心疼，但我还是认为值得，最起码还是让儿子体会到了什么叫痛。我一边用碘酒给他涂擦一边问：儿子，痛不痛？儿子的眼泪都快下来了，说，痛，很痛。我又把一粒消炎药捻碎了放入开水里让他喝下去，问他，苦不苦？他说，苦，太苦了，以前妈妈喂我的药都是甜的，现在怎么一下子变苦了呢？我摸了一下他的头，说，儿子，人一旦受了伤害，开始痛了，他就能感觉到苦了，就像刚才你见到的那个残疾的叔叔。儿子似懂非懂地点了点头。

从那以后，儿子似乎对那些痛苦的人多了一些关注，老师说，这孩子挺有同情心，责任感很强。不经风雨，难成大树，让孩子经受一点痛苦，不一定是件坏事。

# 一只茶杯的爱情

我当上毛屋小学校长的那天早上，内勤李小燕就一脸霞光特别殷勤地来为我收拾。当然不是收拾我，而是把我的办公室的桌椅、门窗、橱柜干净利索地擦了一遍。然后又主动请缨为我打水泡茶。我坐在干净的办公桌前,有一种恍然如家的幸福感。

还没一小会儿,李小燕却急匆匆回来了,一脸愧疚,我望着她,小心地问,怎么了,小燕？李小燕脸上的红霞早已燃尽,替代它的是一望无际苍茫如秋的雪梨。

李小燕低头吞吐了半天,才鼓了鼓白皙的腮帮,难为情地说,对不起,常校长,您的茶杯盖被水冲走了。您千万别生气啊！都是我不好,我会买个新的给您。

我的心里咯噔了一下,心尖像被刀子剜去了一块肉,有种噗噗滴血的痛。我站起来,百米冲刺般跑出门,然后又急匆匆折回头来,问她,哪个地方？李小燕也不回答,尾巴似的跟出来,拥着我向洗手间跑。

我在洗漱间里扒拉了半天,把下水道里各路神仙都相了个遍,也没见到它的鬼影,我沮丧到了极点。出来的时候,一不小心跌了一跤,我的反常举动吓坏了李小燕,她赶紧伸出纤纤玉手来搀我,我顺势捉住了她软酥酥的肩膀,李小燕马上又是一个荡漾满怀。

以后的几天,我老是提不起精神来,因为这个茶杯是有故事的,它可是我与结发妻的信誓旦旦、私订终身的信物。我和妻国华那是七年同窗。她考育才我也考育才,我考师院她也考师院,毕业又同分到了我们县城。只是她当了老师我却从了政。她的家庭当官者居多,根本瞧不起我这个刚从粪土里爬出来的屎壳郎,她那个在土管局当副局长的二哥警告我,说我一身臭屎还没洗干净,竟然还被他妹拿着当香饽饽,是不是眼睛有毛病呢。可国华的眼神儿很专情地认准了我,任那些商宦公子狂轰滥炸矢志不渝。临别,她亲手将这只紫砂杯儿递到我的手上,说,决不能摔了,你是杯儿我是盖,咱俩说好不分开。毕业时国华一个劲儿劝我去学校吧,那儿清静,让人不生杂念。可我偏不,王侯将相宁有种乎?你们家里人能干的事,我为什么不能?我非得弄出个响声来给他们看看不行。国华一脸不高兴,腾地甩出一句,当官有什么好?我是怕你犯错误。

她的话果真灵验,刚当上教育局某科的副科长,我竟然酒后红杏出墙,被下面某学校的艳姐儿给扒得连裤衩儿都没剩下。坏事传千里,满城风雨之下,我被撤了职,安排到某校校办工厂去上班。

妻选择了含恨离去,从此杳无音讯。妻拿走了她的全部家当,唯有这只茶杯让她留了下来,仍跟着我。

星期五下午,李小燕来给我打扫卫生,顺手塞给我一个漆墨闪亮的紫砂杯。我呆呆地看着这东西,似曾在哪儿见过,我很佩服李小燕这女人,心思真够缜密的,竟然能把我心里沉睡好几年的毛毛虫唤醒。我还是很决然地把杯子推给了她,说,再好的杯子也不如我原来那个好,再贵重的东西也比不上它在我心中的地位。

李小燕的丹凤眼里突然多了一些亮光。她扭身的样子有些悲惋,腰肢柔曲显得非常软弱无力。

临下班,李小燕在大门口等我,说她已经订好了镇上桃李园的一个包间,想有事跟我谈。我到的时候,李小燕不知是心理作用还是酒的原因已是满脸通红,她摇曳着杨柳腰站了起来。

我说你喝多了,她说我没喝多。我说你怎么会喝这么多酒。她说你知道。我说我哪知道。她说傻瓜才不知道。

我们俩你一杯我一杯喝得酩酊大醉,她说你——你为什么不接受我送的杯子,却把那破杯子看得那么重,我好——好伤心。我说你——你不懂,我这是睹物思人,我在等——等她,等一个人。她都离你而去了,你还等她干啥?不行,我们恋爱——爱了七年,七年,你知道吗?我已经对不起她一次了,我不能再——再对不起她了。

李小燕忽然把眼瞪成了两个红灯笼,她忽地像一盏羽毛飘了过来,用双臂紧紧扣在我的后背上。

我的后背像触了电,抖了一下,我扳过她的肩问她,听主任在一次酒桌上说,好像说你是她的,任何人都别想沾你的边儿。李小燕像一头母狼猛地把头从我的臂弯里钻出来,两眼溢着凶光,放他娘的狗屁,他就是一畜生,想占我的便宜,没门!

我和李小燕结婚的那天晚上,主任说好要来喝喜酒的,可是直到曲终人散也没见到他人影。司机小孙说别提了,主任昨天晚上喝完酒,在一个小山坡上散步,结果一脚踏空骑在树干上,裆里那包东西全给挤了出来,医生说恐怕以后这方面的功能废了。

我正叹息和同情年富力强的主任之不幸。小燕突然从背后蹿出来,搂住我的脖子,问,我大喜的日子叹哪门子气?我说,我是可惜主任那一门神武,竟然落了个如此下场。李小燕撇了撇嘴不屑一顾,可惜个球,他那是自作自受。她喝酒似的在我嘴上吸了一小口,诡秘地说,只要你管用就行。

你也许不知道,李小燕就是我原来的老婆国华,这个小精灵竟然偷偷去了一趟韩国,隆了鼻割了眼皮,还学了一口韩版味道的中国话,也怨不得教办主任垂涎,我都觉得她像金贤珠,你说怪不怪,她的心思却一点儿没变,就是希望我踏踏实实当一名教书育人的老师儿。

# 我欠二爷一瓶酒

二娘蹑手蹑脚走近一座麦秸垛,东张西望了一番,然后把手伸进棉袄的大襟里,摸出一个用报纸包裹着的东西,努力地塞进麦秸里,然后扑打一下身上的麦草,揉了一下肿胀的眼睛和发红的鼻子,迈开小脚急冲冲地往自己家里跑。

二娘的神秘举动不巧让我给发现了,那天我正捏着小鸡鸡对着麦秸垛尿尿,麦秸垛对侧的窸窣声把我的小便给吓了回去,鸡鸡缩进裤裆里,尿淅淅沥沥撒了一裤腿。

我提着裤子悄悄转到一边,见二娘正鬼鬼祟祟把一东西向麦秸里塞,那样子就像地主老太婆在给反动派传递情报。

我说她地主老太婆,是因为我恨她,她有事没事老和娘吵架,为一点鸡毛蒜皮的事就跟娘吵得不可开交,有时甚至还大打出手。娘尽管比她年轻,可老也打不过她,总是吃亏,我一急之下,拿碾子棍扔过去,砸伤了她的脚踝骨,她像母老虎一样瘸着腿跑过来,拿她的烟袋锅子往我头上敲,我的头上顿时起了两个大包。奶奶气得上前推了二娘一把,还责令二爷要好好教训教训这个没有管教气的疯娘们。

二爷哪里下得了手,二娘虽算不上花容月貌,可也是村里数得着的俏媳妇,而且比二爷小五岁,心高气傲的二爷高中毕业没考上大学,本想扎根农村在这广阔天地里有所作为,也不知咋回事,竟然跟娇媚漂亮的有夫之妇杏花婶子黏糊上了,杏花的丈夫银柱可不是省油的灯,发狠要阉了二爷,二爷才在家人的逼迫之下远走他乡,去了东北。

到了东北,二爷就认识了二娘的爹郭老山,郭老山是个闯关东的山东棒子,省吃俭用了几十年却成了地主,在挨斗的日子里,他把十八岁的女儿毫无条件地许配给了二爷,并告诉二爷,任何时候别管她犯了啥错,你都不要打她。

说实话,二娘对二爷好得不能再好,尽管他对二爷也撒娇也发脾气,但二爷每每回到家,她都是热汤热水伺候着,菜酒端上桌,还陪着二爷唠嗑,充分展现着东北女人特有的"女人味",这一点足可以让全村的男人钦羡不已。

这种幸福的日子没过上几年,二爷由于大量饮酒患上了肝硬化,从那时起,二娘也滴酒不沾了,没有酒精滋润的二娘失去了花一样的容貌,她一边拉扯着堂姐和堂哥,一边为二爷熬汤煎药,品尝着本不该属于她这个年龄的苦楚和艰辛。

我看见她藏东西的那个时候也正是二爷将死的时间,二爷临死前满嘴是血,却提出了一个令所有人意想不到的要求,那就是让他再喝上两口酒,而且要尝一尝村里供销社最好的酒到底是什么滋味。这个要求让二娘哭得死去活来,奶奶双眼包泪也坚决反对。

当我从麦秸垛里掏出二娘藏的东西才发现,那是一瓶酒,一瓶我们村商店里最好的酒,五元一瓶的平坝大曲。我一下兴奋到极点,一是我终于找到了报复二娘最好的机会,二是也能实现我一个梦想,那就是用这瓶酒跟王搅乎换十本小人书,我简直太高兴了,想也没想,就抱着酒瓶儿向搅乎家跑,在我刚拿到小人书的时候,二爷就痛苦而遗憾地闭上眼睛,远离我们而去了。

二娘努力劳动,艰难地抚养着一双儿女,我再也没见过她跟任何人吵架,也没有再嫁人,等堂姐结婚,堂哥工作,我也手攥着一张通知书到了北方的一所大学读书。

过年,我跟爹打电话。

我问爹,年终我得了一等奖学金,给您买点什么?

爹想了想,说,那就买一瓶茅台酒吧,要好些的。

我尽管很心疼,但还是按爹的要求买了一瓶三百八十块钱的茅台。

回到家我才知道,二娘和堂姐堂哥去东北了,因为二娘的爹快不行了,可二娘有些放心不下,临行前一再嘱咐爹代她给二爷上坟,酒一定要买村里最好的。还留下二百块钱。爹说,嫂,您就放心去吧,我一定给哥买最好的酒。

爹带着我,用我买的茅台酒给二爷上了坟。

二娘回来就问爹,是不是用村里最好的酒给二爷上的坟?爹说是,是孩子从大城市买回来的。

二娘一脸慈祥地抓住我的手,认真地问,是不是最好的?

我说是,是全中国最好的。

二娘终于张开掉得满是窟窿的双颌笑了,一边笑还一边夸我,好孩子,好孩子,您二爷不知道得有多感谢你。

我的心口突然痛起来,痛得我眼泪挤满了眼眶。

## 喜鹊喜鹊你叫啥

天将露明,我突然被喜鹊哀伤的呼唤声惊醒了。

叫叫叫,我叫你再叫!我愤愤地从床上爬起来,翻箱倒柜地找弹弓,来驱赶这只没有公德的疯子。

走到阳台上,我没好气地推开窗户,眼前的一幕却让我一下惊呆了,一只黑头白腹花毛长尾巴的老喜鹊正尖叫着从楼间的树丛里飞过来,直直地飞向三楼邻居王奶奶的阳台,落在王奶奶封闭阳台外的栏杆上,它像人一样交替着用翅膀拍打玻璃,而后又用灰灰的钉子样尖锐的喙去啄,去敲打,甚至用小小的脑袋去撞,这些动作都是在它凄厉的哀叫声里完成的,那样子完全就是一个母亲看到自己的孩子掉到井里而束手无策哀号顿足的样子。

王奶奶家是搬迁户,没有了土地,儿子就跟着建筑公司去外地打工,结果被钢筋穿破了肚子,没救过来。公司还不错,赔了二十万块钱。

没了男人,再多的钱也拢不住女人的心啊,年纪轻轻的儿媳在一天夜里忽然间从小区彻底蒸发掉了,儿媳妇还算有良心,把二十万块钱分成了三份,她只拿走了属于她的那一份。王奶奶看着摇篮里的孙子,每天都望着窗外不停地幻想,媳妇有朝一日,肯定还会像鸟儿一样从外面飞回来。

老喜鹊在阳台上惨叫了好一阵子,然后又向树林里猛飞,顷刻间又从树丛里飞出来,撞向王奶奶家的窗户。我发现,黑喜鹊嘴里流出殷红的血,玻璃上印着散乱的红啄痕,胸前的白羽毛浸成暗紫的颜色。

我拿着弹弓的手不由地垂了下来,我觉得王奶奶家里一定出了什么事。俗话说得好,喜鹊嘎嘎叫,好事马上就来到。然而,喜鹊的哀号暴叫,人们还是很少听到。要解开这个谜,我觉得应该去问问王奶奶。

我的想法和众邻居不谋而合,早有人敲响了王奶奶家的房门,李大爷和楼长裘婶已登门入户,正与王奶奶理论。

吵了半天,我才明白,原来王奶奶的宝贝孙子想要只鸟儿,王奶奶舍不得花钱去买,又没有能力去抓,只好守株待兔,她用布兜儿做了一个套,把兜儿固定在阳台的栏杆上,里面放了些谷米,只要有鸟儿跳进去吃食,口袋就会越收越紧,自动把口儿缩死,鸟儿自然而然就成了囊中之物。

等了好几天,都怪这只小喜鹊不谙世事,为了一张馋嘴,掉进了王奶奶的陷阱里。

我挤进了王奶奶客厅,裘婶义正词严地正同王奶奶瞪着大眼珠儿吵架,裘婶唾沫都溢出了嘴角,你怎么能这样呢?你不知道喜鹊是益鸟吗?我们都得保护它,爱护它就是爱护我们的家园。

无论裘婶说得再动听,再有理,王奶奶就是一句话,不放就是不放,无论你说得再好,我孙子他要鸟,我就得给他弄,你们说什么都不管用。

阳台上传来几声尖细而委屈的叫声,那是一种孩子般的无助的求救,一种骨肉离别的唤母声。

涌进王奶奶家的人越来越多,王奶奶似乎有些招架不住,尽管还在坚持,但话语里已经没了多少底气。满头白发一脸慈祥的任奶奶上来了,她把王奶奶拉进了里屋,叽里咕噜说了一阵子,结果王奶奶先出来了,两眼红红的,眼角的鱼尾纹里还盛着一汪清水,她走到阳台上,慢慢蹲下去,很小心地从一个小纸箱里抱出一只黑头白肚十分漂亮的小喜鹊,她把它放在自己的胸前,然后很细腻地用手指去解喜鹊右腿上的麻绳儿,我看到小喜鹊的右腿上还打着一个灰色的绑腿,那也许是王奶奶怕勒坏了小喜鹊的腿,特意给绑上的。

说话声惊醒了王奶奶两岁半的孙子,任奶奶将他抱到阳台上,小家伙很瘦,但眼睛儿很亮很圆,他一眨也不眨眼地看着奶奶手里的小喜鹊,脸上透着惊喜,口水线一样流到小脚丫上,王奶奶怜爱地看了孙子一眼,然后转过身去,用手心将小喜鹊捧出了阳台。

小喜鹊回到了妈妈身边,高兴得张开黄褐色的小嘴不停地啄吻妈妈的脖子和前胸,老喜鹊扑扇开自己宽阔的翅膀,把孩子搂进怀里。

王奶奶抱着孙子,看着喜鹊母子重逢的场面,悲感交集,她一边摇晃着孙子光光的小屁屁一边唱:花喜鹊吆,尾巴长哟,两三岁呀,没了娘哎……唱着唱着,王奶奶的双眼睑就像两只敞开口的包袱,泪水珍珠般的从里面滚落出来。

# 陷 阱

刘亮是一名监狱警察,大学毕业就考入省城附近的一所监狱工作,经过五年拼打,他终于升到了中队长的位子。

自从他当上了中队长，同学和朋友找他的人就多起来，一天，他的一个朋友鲁文邀请他到郊区玩，在那里，他认识了一个姓钟的朋友，他是搞文化工作的，一起吃饭时，姓钟的朋友送给刘亮一只端砚，当砚拿出来，刘亮一下呆住了，这砚通身烟黑光亮如油，摸之细滑柔润，这不正是他苦苦寻找了两年的鼓砚吗？真是踏破铁鞋，原来在这呀！刘亮不禁叫出了声来，好棒的一方端砚！朋友笑了，说，知道你爱好书法，喜欢收藏，故而才想起来送这个给你。

刘亮捧着它翻来覆去地看，姓钟的朋友一脸虔诚，笑着说，没想到老弟还是个专家，很在行，好，如果老弟不嫌弃，咱以后就是朋友了，在这方面有什么需要，尽管说，为兄我还是很喜欢交你这个朋友的。刘亮当时顿了一下，一脸迷惑望着他，那怎么好，我怎能要你这么贵重的礼物？刘亮知道，这种新砚起码也得三四千元，旧的更不用说。没事没事，只要老弟喜欢，我那还有，下一步老弟送几幅墨宝交换就行。刘亮还想推辞，鲁文说，就这样吧，来，为今天又认识个新朋友干一杯。

刘亮自从得到这枚砚台以来，心里好像多了份心思，后来鲁文打电话告诉他，这个姓钟的朋友其实也没什么事，就是他的小舅子在你那儿关着，有空照顾一下。刘亮这才知道，这个朋友的内弟就在这个监区，而且恰恰在自己的中队。自从知道这个情况，一向倒头即睡的他，不是睡不着觉就是老做噩梦，三天不到，人瘦了一圈。

好不容易熬到星期天，一大早，他就匆匆骑上自行车，向四十里外的老家赶去。他有个想法，老爸在农场干了近四十年监狱警察，从中队长干到大队长，又从大队长到纪委书记，却始终没出过问题，常在河边走，从来不湿鞋。老爸肯定有自己的绝招，自己得好好向老爸讨教一下这其中的奥妙。

刘亮汗流浃背地骑到家,老妈正在往一个大铁笼里撒玉米,刘亮惊奇地发现,里面有几条肥硕的黄毛野兔正在抢食吃。刘亮瞪大眼睛问,哪来的?妈说,你爸逮的。咋逮的?妈一时也解释不清楚,就说,你到北坡地里去看看就知道,你爸正在那儿铲地呢。

季秋的风刮在脸上,有点儿刺刺地痛,刘亮用手摩挲了一把脸,迈开大步往北坡走。他老远就看见,老爸正在地头上蹲着抽烟,眼睛却看着地中间的一堆白菜出神。

爸,刘亮叫了一声。老刘"嘘"的一声制止了他。不一会,大白菜忽然不见了,地中间陷下去了一个大坑。爸说,看见了没有,这就是贪婪的下场,地里散着这么多萝卜白菜不吃,它偏偏要吃成堆的。

刘亮心里咯噔了一下,脸色儿有些异样,犟嘴说,这些野兔这么聪明狡猾,它怎能不知道那是个陷阱?老刘转过身来看了一眼儿子,然后才悠悠地说,这些兔子刚开始也是很谨慎很小心,叼着一个就跑,后来见没有什么危险,就放开胆儿吃,再后来嫌一个一个地找着吃太慢太费劲儿,干脆就跑到堆上来吃,它现在已经变得非常愚蠢,忘记了随时可能发生危险甚至丢掉性命,因为这个时候,他除了贪欲,脑子里再没有任何东西。就像我们现在的人一样,一旦有了这种想法,胆子就会变得越来越大,欲望越来越强,智商也就会变得越来越低,掉进陷阱里再正常不过。

刘亮突然转身往家跑去,一边跑一边说,单位有急事,我先回去,今天就不陪你和妈吃饭了。

老刘狠狠地抽了一口烟,慢慢抬起头,怔怔地望着儿子在辨不清方向的荒野里没命地狂奔,直到儿子的身影跑进通往村里的大道上,他才将憋在胸中的那股气儿长长地吐了出来。

# 娘 的 乡 愁

接娘到城里来的时候，娘用她老掉牙的印花包袱，包了满满一包裹东西，娘说，这些都是她的乡愁。

我和妻都笑了，看到我笑，她却一本正经地说，笑话我农村老太婆不懂，连习主席都说了，不要忘了乡愁，你们可得记着，无论你们走到哪，也不能忘了这里还有个家，咱是从这个村子里走出去的娃。

娘的话像一根通条，火辣辣地戳着我的心口窝，是啊！自从到了城里上学上班，我又想过几次家，回过几趟小村呢？屈指算来少之又少，甚至连村里老人我都记不住怎么称呼，昔日的发小也生疏得认不准面目，我感觉自己有些歉疚，甚至诸多羞愧。娘一般是不愿到城里来过冬的。她说，城里的日子她过不习惯。其实做孩子的心里明白，她怕给她的儿女们添麻烦。七十岁的老母亲只来过我城里的小家两回，一是妻子生孩子来照顾月子，二是我受了伤母亲来看我。除了这两回，我已记不清母亲来过。父亲的过世让母亲倍加孤独，她苍老了许多，家大门口的石座上是她每天最想呆的地方，因为门口有村里的老头老太的静坐闲聊，有村里骑者的人来人往，尤其是对儿女亲友的来临将至时时让她惊喜不已。

娘病了，病得厉害，她得上了气管炎，夜夜憋喘得睡不着觉，村里的乡医把吊瓶挂进了我的家里，仍不见效。可母亲还是不肯打电话告诉我们。直到有一天实在撑不住了,才让大妹送进了乡里的医院。冰冷的冬天她实在没有了与疾病斗争的勇气,才同意接她到城里过上一段时日。

冬晴的暖日,妻子带母亲去逛街,我却看着母亲的印花包袱发呆。忽然,我的心里有种做贼的感觉。我手颤心虚地打开母亲的包裹,里面除了几件换洗衣服,还有一本书,那是母亲藏了近五十年的红塑料皮的《毛主席语录》,颜色早已暗淡,塑料皮早已破碎裂开,母亲用胶布贴得很规矩,里面的页早已发黄,我好奇地拿起它,里面却掉出一只粗笨的老式钢笔,铜卡儿早已发绿,笔尖早已磨秃,我知道这是父亲生前用过的笔,据说他上学时就用它。还有一张发黄的照片,那是父亲上中学时到北京去,在天安门前穿着学生装照的一张黑白照,他上衣的左上兜里就别着这支粗头黑钢笔,照片上的父亲头发斜分,一习书生意气,挥散飘洒的形象。再着几张七十年代的工分和粮票。母亲曾对我说过,你们小的时候,不知那日子有多么难,为了生活,父亲被奶奶逼着辞去了农办教师,去火车站上拉黄沙,尽管父亲一生坎坷,可他从来没在我们面前抱怨过他的母亲。

看着母亲的"乡愁",我心脏痛得发抖,眼里早已填满了酸涩。我的乡愁在哪?夜间我梦见了家里那顶满繁花的桐树下袅袅升起的雨烟,发着恒久的郁郁的香,我站在又高又大的土锅台旁,伸出又脏又瘦的小手去跟妹妹抢那个冒着蒸汽的土豆。

# 小区里来了大公鸡

刘东家办喜事,刘奶奶不顾儿子和孙子的反对,偷偷给老家的二儿子打电话,说二呀!你把家里的大公鸡带来吧。咱们农村人娶媳妇床腿都拴大公鸡,投个吉利,吉利吉利,没鸡哪行!老二说娘,人家城里人都住楼房铺地毯,不兴这个,再说脏兮兮的到处拉屎上哪儿放。刘奶奶有些生气,让你带你就带,问啥哩?

大公鸡带来了,个头很高满身金黄很威武,它满不在乎地昂头在铮亮的地板上散步,一副谁也不理睬的架势。它只对刘奶奶点头哈腰,没事还在刘奶奶的腿上用嘴蹭两下。

人多境乱,刘奶奶怕吓着大公鸡,就用个大纸箱子把大公鸡盛了放在孙子的席梦思床下,可孙子媳妇窦豆说什么也不愿意,她说这鸡太味儿,样子又这么吓人,还能睡觉吗?

刘东很同意新媳妇的观点,他偷偷把盛大公鸡的纸箱子搬到了客厅的凉台上。婚嫁是喜庆的也是繁忙的,忙活了一整天的刘家人午夜才在床上、地上和沙发上陆续睡去。

犬守夜,鸡司晨。早上四点天还黑得粘人眼。阳台上的大公鸡就等不急了,它拱三拱,没费多大劲就把纸箱儿给捣弄开了。它一个小跨步从容地从箱里走出来,呼扇一下大翅膀,然后对着透着光亮的阳台引颈高歌,嘎一给一给!接着又是一声,那音调婉转悠长,拉着长长的后音和回音。小区的人们陆续被吵醒了,对过的楼上先亮起了灯,接着有踏踩石板路的声音和吆喝声,可大公鸡不管这些,继续在展示它美丽而洪亮的歌喉。叫声勾起了附近小区的一只公鸡的情怀,它们一唱一和此起彼伏,为颓萎的秋日小城唱响了一曲奋进的生命之歌。

有邻居造访了刘家。大公鸡被装回了箱子里。黑暗让大公鸡又重新恢复了宁静,小区的骚动随着灯光消失得无影无踪。

天将卯时,刘家的大公鸡突然又高奏凯歌,它已经一天多没吃东西了,鸣叫的声音也不如先前爽亮,沙哑中透着气短,它的大屁股努力撅着,脖子的毛在滚翻,脸红成了洋绸布。宠物狗们也你一言无一语地汪汪,小区里顿时乱成了一锅粥。

刘东心里烦烦的,他摸起一只皮鞋光着脚板冲上了阳台。大公鸡刚叫到一半,冷不防被身后的物件重重拍了一下,身子向前晃了晃,一头栽进楼下的小花园。

十号楼的陆大妈也被这鸡叫醒了,她早早起来牵着卷毛贝贝到楼下遛弯,结果贝贝先发现了这只落魄的大公鸡。它不顾一切冲上去,跟这个不速之客对视,并对它发起声讨,想伸出前爪去挠这个外来户。大公鸡伸长脖子照小狗的头就是一下,啄下来一团绒毛,小狗又疼又怕嗷嗷叫着逃回了陆大妈跟前。

陆大妈见状可不答应了,上前要踢大公鸡,大公鸡毫无惧色,竟然对她昂头伸喙,把陆大妈吓得扭头就跑。边跑边骂,这是谁家的野鸡,跑小区里来撒野伤人,快来人呀!疯鸡咬人了,快来打鸡呀!

晨练的二顺子是个交警,他一见陆大妈被大公鸡追得急,就义不容辞迎上前挡住了这鸡的去路。他朝大公鸡做了一个停的手势,站住!你伤人是违法行为,小心关了你。可大公鸡只瞟了他一眼,就跳起来扑上去,对着他的手指就一口,二顺子顿时感觉疼痛钻心,一瞧皮肤被撕掉一大块,二顺子这才感觉到事态严重,有些小看了它。

一时间,小区道上站满了人,有拿石头的,有从树上折下一根树枝的,有的甚至从家里拿来锤子、绳子和拖把杆。他们像如临大敌,发誓要坚决消灭这只疯鸡,他们认为,如果让鸡疯叮了人,肯定会比疯狗咬人的危害还要大。

大公鸡对这种集体行为产生了怕意,它用逃跑方式躲避着人们对它的伤害。小区一名保安也参加了剿鸡行动,保安到底是保安,在追逐过程中,他将手中的警棍猛掷过去,这只铁棍嗖地飞向大公鸡的头部和身体,只听梆的一声,大公鸡的身子晃了两晃,然后无力地张了两下翅膀,歪倒在路旁的一棵银杏树下。

等刘奶奶踮着小脚飞奔而来,大公鸡正躺在水泥地上喘着粗气直翻白眼,脖子挺一下,嘴里就会涌出一股鲜血来。

刘奶奶见状,蹲在地上哇地哭了起来。保安和几个人围上来劝她,可任谁劝也不顶用。她问是谁打死了她的公鸡,到底是谁?刘奶奶一边老泪纵横,一边哭诉,你们是不知道呀!这只大公鸡救过俺家的小羊,还救过俺的命……你不该这么死啊!俺的孩子,我不该带你来,这不是你待的地儿呀!乖,俺这就带你回家……

刘奶奶抹了一把泪,把颤巍巍的手放在大公鸡的脖子上不停地摸娑,大公鸡慢慢睁开了眼睛,它突然昂起头,一口鲜血朝着人群喷了过去。

# 小山乡与大嗓门所长

一九九〇年的那个夏天,靖水县城山乡派出所秦所长独具慧眼地在警校看中了我,硬是把我从县局的名额里给"借"了出来。

他说,小常,我知道你是警校里的高才生,可能不乐意下到俺乡里来,可咱那也是靠城靠路有山有水的好地方,要不咱这能叫城山乡公安分局吗?他不无自信地拍了拍自己略大的肚子,你放心,等哪天老子一上调,所长非你莫属。

我到了城山乡就发现,秦所长说得一点儿都不夸张,城山乡距靖水县城仅十公里,一座海拔百多米的小土山把城乡隔成了两个天地,中间硬是劈出一条十米宽的水泥路来,一直通到靖水的中心大道,交通自然没得说,可乡到村的道儿却是山路十八弯,沟溪河叉,坎坷崎岖,从一个村到另一个村你得走上最起码一小时的路程,沿途是花柳成趣,青溪流潺,燕语莺声,鸭戏鱼跃,倒也是天赐美景,世外桃源。所以周末每至,城中的男女老少都要骑车或坐乘到这里耍一耍钓一钓休个小闲。因为我是一个性格恬淡的人,所以一来这儿反倒觉得身心释然,欣喜由衷。我跟秦所长说,我可不是奔着你这位子来的,这里的环境挺美,我愿意留下。

秦所长一听,咧开大嘴笑了:小子,有远见,不愧是高才生,一眼就能看到根子上。他忽然把大手放到嘴上凑近我说,这里的女人更美,下一步在这儿给你找个小美人做老婆。我有些腼腆,脸皮儿一下红到了耳根子,秦所长才不管这些,自顾在那里爽朗地哈哈大笑。

一场大雨过后又是一场暴雨,清莹婉约的小山乡被洗刷得一尘不染,就像翠绿的美玉镶嵌在靖水的后脑勺上。

每逢二、七大集是乡里雷打不动的规矩,别管翁嫂冠笄,还是商贾布衣都会忙里偷闲,群聚于此,买上三斤草鱼二尺花布,凑个热闹图个开心,特别是靓丽女子玉腕上的花伞滴溜溜转动着你疲倦的眼球,似犹抱琵琶半掩面,故意不让你看清她清秀的娇面和玲珑的身段。蒙眬视角里,你的心猿定会被撩拨得无缰可羁,翩跹出无限想象与神往。

七月二十七大集之上,却发生了一件让人始料不及的刑案。一个漂亮女子被人绑架后又在秋水河边被强奸,并掠去了她身上的项链首饰和三百多元现金,这个可怕的消息不胫而走,传遍了山乡的角角落落,甚至传到了靖水,清纯的山水似乎不再秀美,恶性事件就像一根搅屎棍,顿时把整个山乡搅得天昏地暗、腥气熏天。县局里也派来了专职刑警协助破案,可查了一个多星期茫无头绪,只好罢队回城。

城山乡的人们开始拘谨和敏感,他们没事不愿出门,二、七集市的热闹境况就像十月的桂花一样开始凋零。尽管案发后的一个月没有异常举动,但城山乡派出所却被乡长书记架到了火炉上,成了百姓们有事没事谩骂和戏谑的对象。

秦所长好像老了好几岁,喜欢整点小酒的他已经一个多月未跟酒瓶子亲近了,晚上也很少再回靖水的小家,老是一个人在台灯下吸烟,大嗓门像被泥土糊上了一半,说话的声音变得尖细,略显点儿沙哑,我提着暖瓶去给他打水,他总问我,小常,你想出什么好办法没有?我直视着他满是期待红红的眼睛,无可奈何地摇了摇头,而他就会低下头来,用巴掌不停地拍打着油亮的脑袋。

我们担负了大集的巡逻保卫。每逢二、七大集,所里除了安排两个人值班外,其余十名民警全体便装出动,由秦所长带队到市场巡逻。由于民警站场,集市上的买卖又泛出了生机。

在一个阴云密布的午后,秦所长和两名副所长去县城开会,带队的任务就交给了年长的小平和我。我主动请缨,担负集市最西头环境最乱一段市场的巡查。

云压得越来越低,一颗硕大的雨滴毫不客气地砸在我的前额上,又碎成水片溅入我的眼里,我迅速用手背去擦拭右眼,冷不丁,二十米处一个穿粉红衬衫的小子却把两个手指伸进了一个卖牛老头的裤兜,一霎时,他得手了,我迅速冲过去,大喊一声,抓住他,他偷钱了!所有的人却把惊异的目光抛给了我,我气喘吁吁地说,他,那个穿红衬衣的。

人们这才如梦方醒,那位大爷终于发现自己的钱被偷了,没命地叫喊着跟在我后边追赶。等跑出集市二三里地,小偷忽然钻进一片小树林里不见了,我这才止住脚步向周围探望,四周没有别人,只有丢钱的大爷还在后面没命地追赶着。

我正要冲进小树林,树林一侧却走来了三个人,两个大个儿都戴着墨绿色的哈马镜,像两只饿狼用幽森的眼睛瞪着我,另一个就是穿红衬衫的小子,三个人凶巴巴地向我走来,中间的黑眼镜边走边从背后的衣服里面掏东西,一挥手,一把尺多长的砍刀握在了手中,另一个黑眼镜也把手伸进腰里努力地摸索着。我怒视着他们,心里却暗暗打鼓,心想,我赤手空拳对付这三个带着家伙的歹徒可能会吃亏,可别无选择。

我摆出迎战的姿势,正要向前迈步,身后忽然传来大爷声嘶力竭的颤叫:你这个小偷,我终于撵上你了,你给我站住。我和三个歹徒同时止住了脚步,身体羸瘦、步伐却敏捷的老头儿一个箭步冲到了我的跟前,"噔噔噔"地把我拉回了十几步。他右手紧紧地攥住我的衣领,左手狠狠地在我脸上掴了一巴掌,嘴里还不停地骂:你个坏孩子,我终于捉住你了,终于逮住你这个偷我钱的贼了。

我被大爷打懵了,一边挣脱他,一边想腾出空来跟他解释,可你越挣扎,他抓得越紧,声音到了近似咆哮的程度。

我俩正撕扯着,那边一个黑眼镜却嘿嘿地嘲笑:两混球!然后一挥手,仨人头也不回地钻进了林子里。

我挣脱大爷的抓挠,想冲向前去追他们,可腰部却被老头儿死死地抱住了。老头哽咽着说,孩子,我知道你是公安,是好样的,可你一个人怎能敌三只狼呀!你知道中间那个戴黑镜子的是谁?他可是靖水土山一带的黑老大呀!有一身的能耐,听说还有几条黑枪。你年纪轻轻又是一个人,我可不愿你为我那俩钱让你搭上一条命呀!孩子,大爷求你了!

鼻子酸胀得让我窒息,泪终于没有忍住,我无声地扶起大爷,泪眼婆娑地看着他落泪的眼睛。

一个星期后,我终于以其人之道还治其人之身,用小偷的方式踩到了他们的点,在秋水凹的一家小饭馆里,正当他们肉山酒海,正要对老板娘胡作非为时,靖水刑警和武警以迅雷之势包抄了小饭馆。

城山乡宁静如初,亮丽得像待闺的少女。秦所长的大嗓门又响了起来:兔崽子,我没看错人,老子这把交椅早晚是你小子的。

# 笑

王三当上了科长后,右胳肢窝里多了个黑皮铮亮的小包包,走起路来昂首挺胸。

一天,我见到王三,就跟在他身后一边撵一边喊他:王三,王三,可连喊了四五声,王三愣是没听见。我很疑惑,平时跟王三关系不错呀!他怎么不理人呢?我百思不得其解。

我把这件事情告诉给了妻子。妻说,你这人咋这么笨呢?怎么一点也不懂得官场的行情世故,怨不得你干了十几年小科员也没进步,人家这不是当科长了吗,你应该叫人家官称才对。

所以后来再见了他,我就直接称呼他王科长,王三听了,紧绷的老脸马上就会绽放出一丝笑容,然后和蔼可亲地跟我点头打招呼。

一年后,我又在街上遇到了王三,于是我很热情地跟他打招呼,你好呀,王科长!可连叫了好几声,他就是不搭理我,我有些生气,直呼其名,王三,干吗?

王三抬起头不好意思却很真诚地朝我笑了笑,他伸出手来主动跟我握手,老敬,你好,逛街呢。那样子有些怪怪的,没夹包,一点也不像原来那般神气十足。

后来见到他的同事小李,才明白,王三因为犯错误,科长被撤三个多月了。

# 承　　诺

　　亚,你醒了吗？今天可是腊月初六呀！亚,你听见我说话了没有……娟蹲在墓碑前哀哀戚戚,眼泪像断了线的珠子,不停地撒落在她前面的小石桌上。

　　娟与亚是校友,邂逅在五年前某师范大学的校园里。娟记得清楚,那天是腊月初六,匆匆下楼的娟与提着暖壶的亚撞了个满怀,亚连人带壶摔倒在了二楼的楼梯上,热水灌进了亚的棉鞋里,他左脚的脚面烫成了大馒头,而娟却毫发无伤。

　　娟很歉疚,想帮一下亚,可亚说什么也不让。同宿舍的四川女孩英子说,娟子,你可真有福气,亚可是我们这个系公认的帅哥哦！学生会副主席,不仅博学多才,篮球打得倍儿棒,多少靓妞都追着他不放,可他连正眼都没瞧人家,竟然跟你撞上了,此乃天意哉,我们的美眉可是走了桃花晕了。哪天我们陪你去看他,他竟然咧开嘴朝你笑了起来,那情形,真把我们羡慕死了,我就想,如果跟他撞在一起的人不是你——是我,那该有多好！那我得天天乐疯个。

　　娟的脸红红的,伸出手指头,照着英子的肚脐眼戳了一下,笑得英子哈哈哈地老半天没停下来。

　　正是这次巧遇,娟认识了亚,他们也由校友成了恋人,娟被亚的真诚、正直、乐观、坚定所打动,她深深地爱着亚和亚所有的一切。

大学毕业,品学兼优的亚分到了这所大城市的机关工作。然而亚说,他不能留在这里,最起码现在不能,因为他是从大山里走出来的孩子,山里有很多很多的孩子还没有上学,因为那里缺老师。上大学的头天晚上,满头白发的老校长拉着亚的手浊泪纵横,他说,娃呀,你可是咱村里考出去的第一位大学生啊!我是多么希望村里的孩子都像你一样有出息,可咱这地方缺老师呀!亚沉默了半天,说,老校长,等我大学毕业就回来,来给咱们山里的孩子当老师。老校长勉强地笑了,他把粗糙的大手紧紧裹在亚的手上,闷了半天,才说,娃呀,老师不能耽误你,只要你能答应,毕业后回来教三年课,我就是死了也闭眼了。

就这样,亚一毕业就回到了大山深处,成了五个山村孩子的老师兼校长,亚回到山里的那个冬天,老校长含笑地离开了人世。

三年后,娟毕业留在了这所城市里。亚的家乡也修了通往山里的公路,孩子们都搬到了公路边上的新学校去上课,老师也添了七八位。娟对亚说,回吧,你已经兑现了对老校长的承诺,我们就结婚在城里安个家吧。可亚仍迟迟不肯说回来。

娟有些生气,用了激将法,说,有几个人总在骚扰我,如果你再不回来,我就会找个人马上嫁掉,因为,我需要安全和安稳。

亚的心里再也平静不下来,他和村主任喝了一夜的酒,说了一夜的话,第二天一早,亚背起行囊,走出了大山。

娟到车站接亚,问他,你怎么会回来?亚端详着娟,轻轻地叹了口气,我是放不下那些孩子,可我也担心你的安全,更重要的是我爱你,实在舍不下你。娟的眼圈儿红了,把头深深藏进亚的西服里,任委屈和思念无休无止地浸透着亚的胸膛。

回家的路上,天下起了小雨,出租车司机因为抢道,与一辆大车撞在了一起。娟醒来的时候,身边只剩下了父母和同事,而她的亚，她朝思暮想的爱人却随着那个可恶的司机去了天堂。望着亚的躯体被塞进污秽不堪的灵车时，娟又一次口吐鲜血昏死过去。

又是腊月初六，天上下起了丝丝的雾一样的雪，娟来跟亚告别，亚，我要出一趟远门，这一趟可能是十年二十年，也可能是一辈子，但你放心，每年的腊月初六我都会回来看你，你别忘了，这是我们一辈子的承诺。

娟站起来，擦干了眼泪，将重重的行李努力地背在身上，然后迈开大步，向大山的深处坚定地走去。

# 一　角　钱

儿子上了小学，整天高兴得像只小鸟，连走路都像在飞。

由于工作忙，我和妻子未来得及给他准备充足的学习用品，晚上下班回家，儿子的小嘴噘得老高，有些委屈，气嘟嘟地说，让你们给我多买些本子和铅笔，你们就是不多买，今天老师让交作业本，人家小朋友都好多，就我还差两本，你们是不是爸爸妈妈？一对老抠。

儿子一席话，让我们俩哭笑不得，妻赶紧凑近儿子，给他道歉，话还没说出口，儿子的眼泪就唰唰地流下来。妻子不知什么时候眼圈红了，掏出手绢去擦儿子脸上的泪水，儿子用小手努力地打开妻子的手，自己用手抹了一把，小脸儿立刻变成了一只大花猫。

我笑了,说,男子汉大丈夫,都上学了,还这么爱哭,下一次我送你,就告诉你那个叫森森的女同学,看她不笑你。儿子急了,伸出小拳头狠命地敲捶我的后背,坏,真坏,你是个坏爸爸!

我说,好了,好了,我带你到下面小卖部去买吧,那里也有本子和铅笔。儿子这才有了笑脸,像小时候那样伸出小手来扯我的衣襟。

我们一前一后地下楼梯,等我下去,他早已经跑到了小卖部门口,他站在玻璃窗前很夸张地向我挥手,一边挥还一边叫喊,快点,快点,你怎么这么慢呢?

小卖部的店主是一位姓张的老头,听妻子说他是一名退休老职工。因为我不常在这儿买东西,跟他不是太熟,可小卖部的大爷认识儿子,儿子还没进去,大爷就招呼,成成,想要点什么?儿子回头看了看我,又看了看大爷,说,爷爷,我想要几本作业本和几支铅笔。大爷用干硬的手扶了扶老花镜,又伸过手来摸了一下儿子的脑袋,然后转过身去找作业本和铅笔。张大爷拿了几种式样让儿子挑选,儿子很快按老师的要求选中了两种本子和四支铅笔。老头用计算机按了半天,说,一共两块一毛钱。

我有些不满地望着张大爷,心想,这老头怎么这么抠门儿,做生意寸厘不让,何况他还认识儿子,做生意的人都是以利为重,不会跟你谈什么认识不认识。

我心里开始厌烦他,一脸不高兴地从屁股后面拽出皮夹来,然后一五一十地找零钱,我发现,我的皮夹里不仅有毛币,而且还有两枚一角钱的硬币,可是我讨厌张老头做生意的做派,实在不想给他,就问,我没有一毛的零钱了,给你两块行吗?大爷迟疑了一会儿,如果你没有,那就算了,算我给孩子送支铅笔吧。我心想,呸,别装好人了,我就不给你。我用手指夹住零钱,故意撇开皮夹来给他看,真的大爷,不信你瞧瞧,真的没零钱了。张大爷说,不要紧,不要紧,下次有再给。

眼疾手快的儿子在一旁不乐意了,爸,你怎么能这样呢?不能欠爷爷的钱,一角钱,太多了,话没说完,他伸手把我的钱包夺了下来,我知道你皮夹里有零钱,我给你找。眨眼工夫,儿子就把两枚硬币拿了出来。

儿子捏着硬币,把它们放在柜台上,很骄傲地说,张爷爷,这些钱都给你了,上次我妈妈买东西还欠您一角钱呢。

我的脸儿一下红了,言语有些不自然,我没发现,真的。大爷看了看我,又看了看儿子,说,没事,没事,谁都有个油差盐错的,说实话,这几本本子和铅笔我一分钱都没挣你的,真的,我都是原价给你,因为我喜欢成成这孩子,诚实有爱心,懂礼貌。

几句话说得我无地自容,对不起,大爷,都怨我不好,没看清楚。说着,我递给了张大爷一支烟,大爷和气地接过去,拍了拍我的臂膀,然后对儿子说,孩子,你爸爸是个好人,他肯定是一时急没发现,你可不要怪他。

儿子扬起头,给了我一个甜甜的笑脸。

# 赵 大 叔

1944年8月,赵大叔到我们村来蹲点。

赵大叔名叫赵松林,是县上的宣传委员,才25岁,可他面色黝黑,还长了一脸又黑又浓的毛胡子,再配上一身灰拉巴叽的八路服,看上去起码四十多岁。

赵大叔刚到俺村不久,就接手了一件棘手的事情。

这一天下着小雨,赵大叔正端坐在乡所里给县里写着汇报材料,一个穿着长袍、头戴小帽、面目白净的中年人做贼似的溜进来,进来后就屁股一撅,朝着赵大叔深深地鞠了一个九十度大躬,然后假惺惺地揉了一下眼睛,可怜巴巴地说,赵委员,我有冤情,请您为小民做主呀!

赵大叔抬起头打量了一下来人,认识,不是村里的地主王金财吗?王金财可是个绝顶聪明很会算计的主儿,家里不仅有三百多亩良田、四十六间房宅,而且大儿子也由国军的少校参谋一下子成了宁城驻共联络处的处长。平时,王金财在老百姓面前趾高气扬,谁也瞧不起,但在共产党的领导面前他确实装得唯唯诺诺,像个打不还手骂不还口、受尽委屈的小媳妇。赵大叔来村里两个月,老百姓反映他搜刮民膏、吝啬奸诈、鱼肉百姓的事就有十几起,赵大叔和村里早就想批斗他,汇报给上级,上级说,正处于国共合作敏感时期,要以大局为重,搞好团结,不可轻举妄动。

面对上级指示,赵大叔只好把火儿窝在心里,正愁找不到办法和机会收拾这个王金财,他倒自己主动送上了门。

赵大叔心里既高兴又厌烦,但他还是装着不动声色,很关心地问,王金财,你有什么冤屈,尽管讲来,我一定为你做主。王金财见赵大叔答应得痛快,就一五一十地讲了下面的一件事。

原来,村里刘何山租种了王金财五亩水田,可这两年旱得厉害,水稻只收了两成,刘何山一粒稻谷也没交他,王金财就领人去逼租,一来二去,王金财看中了刘何山的丫头刘翠儿,王金财对刘何山说,如果你五天之内还不上租子,就把你女儿嫁给我小儿子做媳妇。刘何山知道自己还不起,就签字画了押,同意拿女儿来抵债。可刘翠儿死活不答应,刘何山只好赖着不应也不还,别人劝我带人把他们抓起来,我左思右想觉得这是新社会,新社会就得按新社会的规矩办,这不,我来请赵委员主持公道。

赵大叔一听当时就很恼火,他瞧了一眼王金财,眉头马上皱了起来,说,这事挺难办,你到底要租子还是想让刘翠儿嫁过去?

王金财察言观色地看了一会儿毫无表情的赵大叔,小眼珠儿狡黠地转了一下,然后慢慢地将右手伸进左侧的斜兜里,很不情愿地摸出一个小包包来,放在赵大叔的书案上,尽管动作很轻,但还是发出当啷的撞击声,赵大叔的颜面马上严肃起来,他倏地从椅子上站起来,用手指指着小布包,你——你想干吗?你这是贿赂革命干部,是犯罪!你懂不懂我们党的政策?

王金财吓得脸色蜡黄,"嗵"的一声跪下来,拼命地哀求,赵委员,赵爷,您小声点,您可小声点。赵大叔看他吓成那个熊样,忽然笑了,你看你吓得跟个狗熊似的,不就是这几块银圆吗?你敢送,那我就收下。

他朝王金财招了招手,王金财挪到案前,赵大叔还神秘地把嘴凑到他耳朵上,千万不要让外人知道。说完,一摆手,示意让王金财退下。

王金财一出村公所,就扭头对着大门唾了一口,天下没有不吃腥的猫儿,共产党的干部也一个样,只要有钱,啥事儿干不成。接着他长叹了一声,唉,可惜我那十个大洋了!

五天后,村里召开公决大会,会议一开始,赵大叔拿出一张按着血红手印的纸向大家宣读,王金财与刘何山签订协议如下:刘何山欠王金财五亩田租两年共二十斗,折合现大洋十块,限刘何山五日内偿清所有田租,否则,自愿将女儿刘翠儿许配王金财二子王标为妻,如果刘何山在五日内还上十个大洋,王金财将把这五亩水田无偿送给刘何山,立字为证,不得反悔。

赵大叔还没读完,下面一片哗然,王老七说,这是什么狗屁协议,明显欺负人,谁家能一下子拿出十个大洋来,全村除了他王金财没有第二个,这不是要他刘老头的命吗?王金财满脸带笑无所顾忌地看了看刘何山,看了看大伙,最后把一脸的笑容留给了赵大叔。

人群开始乱起来,有人开始骂赵大叔,这时刘何山"腾"地跳上了台子,扯着喉咙喊,乡里乡亲们,你们不要乱,不要急。说着,他从怀里掏出一个黑布兜来,今天当着老少爷们的面,我把这十块大洋交给王金财。说着,他还使劲地晃了晃布包,布袋里发出清脆的哗啦声,村里人惊呆了,巴掌鼓得老响,喊声叫得震天。

刘何山把布包扔进了王金财的怀里,王金财抱着布包冲着赵大叔歇斯底里,赵松林,你有种,收了我的大洋,却不为我办事,我——我要到——到上面去告你!

听到王金财的咆哮,百姓们一下全愣了,这时,赵大叔却笑了,说,你的十块大洋不是一个子儿不少地还给你了嘛,你怀里抱着的就是。赵大叔没说完,你再看,王金财早已口吐白沫晕倒在了地上。

翠儿说,赵委员,你是个好人,是您救了俺,俺一辈子都要报答你,你就娶了俺吧。赵大叔说,那可不行,我们有纪律,再说救你要是为了娶你,那俺成什么人了?

刘翠儿正和赵大叔纠缠着,王金财却把状子告到了儿子那里,不久,赵大叔被调回了县上。再后来又上了前线,赵大叔前脚刚走,刘翠儿脚后跟着就撵到了赵大叔的老家曹县。

赵奶奶抚摸着刘翠儿的一头秀发,看了又看,然后爱怜地说,多俊的丫头,这浑小子到底是咋想来着?来,闺女,赵奶奶一把牵过刘翠儿的小手,他不要俺要,娘认你,媳妇,看这犊子能犟到哪里去!

## 最后的交代

赵副县长是个主管农业的副县长,已经五十三岁了,尽管年龄大了点,但他身板硬朗,常下到山野乡村田间地头查看庄稼苗情,每次回来,不是一身水就是一脚泥,人们都称呼他"实践干部"。

东槐乡遭了水灾,赵副县长裤腿儿一卷脚蹬一双旧凉鞋就下去了,沟里河里一趟,泥里水里一折腾,鞋帮鞋底分了家,于是乡长就给赵副县长买了一双新皮鞋。起初,赵副县长说什么也不穿,乡长说,总不能让县长赤着脚回去吧,那成何体统。赵副县长一想也是,就穿着新鞋回到了县上。

赵副县长的老婆很高兴,从此也就习惯成了自然。每次赵副县长下乡,她总是为老赵准备最旧的衣服鞋帽和用品,基本上每次穿戴回来都是焕然一新的,老婆见了咧开嘴儿笑得蜜一样甜。

老赵指着鼻子训她,你这个老太婆,怎么越老越糊涂了?你说你占这些小便宜干什么,贪欲害死人,时间长了,你就会收人家的财物巨款,是不是想把我送进监牢里你才安心。

老婆满是沟壑的脸就红了,支吾着说,哪——这么严重,你——不要——就是了,你看人家简副县长,家里要什么有什么,你呢?连别人送两瓶酒都给人家退回去。

后来,上口乡有了旱灾,赵副县长一连几天都住在那儿,和乡村里的百姓干部一起打井引水,修渠灌溉,没有一天不搞得泥水满身。几天下来,老赵的衣服破了,鞋底也断了,可上口乡的年轻书记乔任书一直就没提给赵副县长添件新衣买双新鞋的事。赵副县长的老婆一脸不高兴,一边收拾脏衣服一边嘟囔,看看,我这可是刚给你买的新衣裳,弄得满是泥土不说,你看看,才下去三天,鞋也断了,崭新的外套上还扯了两个大洞洞,你让我说你什么好呢!你们那个什么乡里的干部也太不懂事了。老赵悠悠地吹着烟卷,一声不吭,只朝着老婆嘿嘿地傻笑。

年末,县委常委扩大会议讨论了县乡干部的任职情况。有几个县局领导对上口乡乔任书的任职情况不是十分满意,特别是以简副县长为首的几个主管工业经济的领导,在考察表上都给小乔打了个大大的不称职。上口乡是个农业乡,县委刘书记说,老赵,你是主管农业的副县长,你来说一说上口乡的情况吧。

赵副县长略略思索了一下,说,我对上口乡的农业情况比较了解,特别是上口乡发生旱灾的那两个月,我是亲眼看见了小乔书记和乡里干部群众一起不分昼夜挖井修渠抗旱自救的。尽管小乔同志年轻,不太懂人情世故,对上级也不会溜须奉承,可他无私正直,务实能干,有能力有主见,是个好干部好同志,上口乡的群众能为他作证。

三年后,赵副县长退居二线去政协工作,小乔书记因工作成绩突出成了县里最年轻的副县长,简副县长因经济问题而被立案审查。

老婆说,老赵,现在想起来真让人有点儿后怕,如果三年前你听了我的教唆,说不定也会像简副县长那样进了监狱了,都怪我当时太贪心太糊涂,你不会怨恨我吧。老赵叹了口气,我这辈子最大的幸运就是在关键时候遇上了小乔,要不是小乔的所作所为唤醒了我,可能我也会落个像老简那样的下场。能保住晚节,对我们这些当领导的,也是对一个人的人生来说,应该是最完美的总结和最后的交代吧。

## 到秋天里寻找美

仲秋,明媚的日光里多了些清爽。

城际公交沿着白花花的柏油马路向城郊方向行驶。车里塞满了人,人们随着车体的摇摆而东倒西歪地晃荡,尽管这样,仍旧没有抵挡住瞌睡虫的蛊惑,几个人竟然打起了鼾。文博园到了,要下车的乘客请做好准备。喇叭里说标准普通话的女中音尽管很温柔很体贴,但还是搅了所有人的美梦,他们一个个反射性地从温柔富贵乡里迅速醒来,到哪了?到哪了?停——停——停,我得下车。车上禁不住响起一片笑声,那人迷迷瞪瞪向周围看看,有些不好意思地低下头去。

文博园到了,慢腾腾地下去了几个人,车正要开,上来一个提着编织袋的老太太,老人看样子有六十多岁,一生沧桑写在了她满是皱纹的脸上,一身半新不旧的蓝灰穿着看出她像一个农村人。

车上坐满了人,还有几个站着的,老人张望了好一会儿,无奈地将编织袋放在地上,然后半蹲半屈地坐在袋子上。她的身后却独自坐着一个三四岁的孩子。孩子的小屁股坐在硕大的座位上,眼睛却一刻不停地望着对面,对面同样坐着一个与他差不多大小的孩子,只是两边多一个胖墩墩的年轻妇女和一个老女人。孩子看着对面,突然咧开小嘴,要哭,妈——妈,我——也要坐那边……

话没说完,老女人吼了一声,小龟孙,好好坐着,你看哪还有座!众人向她们投来不解的目光,附近两个小青年满眼都是鄙夷和厌烦,一个不自觉地嘟囔了一句,不买票还占座。司机回首望了望,张了张嘴,却又回过头闭上。

车平稳地向前继续行驶,独坐的小孩再也坐不住了,他突然冲对面的年轻女人和老女人叫喊,我要下车,我要下车!这叫声把司机吓了一跳,他猛地一个刹车,车头打向了路边。孩子却没有闲着,他从塑料座椅上下来,脚没沾地,却从高高的座位上栽下来,一头碰在坐于地板上的老人膝盖上。老太太被落在身上的孩子一下砸懵了,只见她极端痛苦地咬紧了牙,尽管如此,老人却没有放弃孩子,她猛地伸出双手一下搂住孩子的身体,额头的皱纹里顷刻挤出来两滴豆大的汗珠。

乘客都被这惊险的动作吓了一大跳,孩子也吓得大哭不止,都马上把头扭向地上的老太太,却见老人一边揽住孩子一边哄他,好孩子,好孩子,奶奶的骨头硬,硌疼你了吧,不哭不哭,都是奶奶不好。

坐在对面的年轻妇女和老女人却不愿意了,老女人眼珠子差点儿瞪出来,你个老妈子怎么弄的?怎么把俺孩子给拽下来了,你的心怎么这么狠毒,摔坏了孩子,你赔得起吗?年轻妇女迅速站起来,拨拉开她面前的人群,冲向了坐在地上的女人。年轻女人出手很快,一个探囊取物,把孩子恶狠狠地从老太太的怀中抢了过去。这时,一个中年男人不乐意了,他如火的目光刺向了那个老女人,你们娘俩咋回事?人家救了你孩子,不谢人家,反而恩将仇报,你们还有没有德行?你孩子放那儿不管,一下子从座上摔下来,要不是人家接着,还不知道会摔出个什么好歹来。

司机这时突然站起来,转身走向坐在地上的老太太,伸出一双大手将老人搀扶起来,给老人深深鞠了一躬,真情地说,大娘,谢谢您,您坐我座位上歇一会儿。周围的人开始尴尬和脸红,纷纷起来给老人让座。老人有些不好意思,说,都怨我,怨我这老腿不中用,有关节炎,要不我也不会坐地上,耽误您工作。司机似乎有些动情,眼圈儿红了,对不起,老人家,是我失职,工作没做好……

旁边的老女人终于坐不住了,她一把拉住农村老人的手,把她让到自己的座位上,一边拉一边说,是我不对,老姐姐,都怨我自私,有眼不识好人,我的错,我的错……

下车了,老人提着编织袋一瘸一拐地走向出站口,奶奶,奶奶,等等,等我一下!老人停下脚步,看见一个戴眼镜的漂亮小姑娘撵上了她,气喘吁吁地跟她说,我是××传媒大学的学生,学校让我们假期里寻找社会上最美的人,你看,我一下就找着了,就是您。说着,姑娘亲热地挽住老人的臂膀,举起手机,头一歪,很专业地来了一个POSE。

## 愤怒的大眼睛

我家的老院子里,有一棵高大挺拔的老椿树,说它老,它会不高兴的,其实不过才三十岁的光景。可是现在,它已经成了我们村里年龄最大、个头最高的"椿树王"。

每次回家,我都从心里特别想见它,可又怕见它,因为直到现在,它还铭记着我和它之间的一段"刻骨"情仇。

椿树是母亲在我六岁时亲手栽下的,到了快要上学的年龄,我的个头还是出奇的矮,只有九十公分那么高,这让母亲非常着急,她听了邻居二大娘的劝说,在我睡觉那间屋的窗前栽下了这棵树,还让我跟她学唱歌:椿树王,椿树王,你长粗来我长长,你长粗来当材料,我长长来穿衣裳。每天睡觉前,都要让我抱着小树唱上一回。

我很是讨厌做这种周而复始、无聊透顶的事,每次都困得磕头打盹的时候,还要去干这么没有情调的事儿。所以,每次娘让我唱,我都不太配合,椿——树——王,椿——树——王,我长——粗来,你——张长,我长粗来——当材料,你——张长来——穿衣裳……

唱着唱着,我就抱着小树睡着了。还没弄清楚怎么回事儿,屁股被娘扇了巴掌,等我清醒过来,见娘气得不行,喘着粗气儿骂我,就你这个没出息的样儿,什么时候才能长高呢?要不,这学就别上了!

一听不让我上学,我的困劲儿一下子就跑到脚底下去了。我不,我不嘛!我得上学,我要上学!喊叫里带着哭腔。母亲怕邻居们听见了,语气立马变得温柔,要上学,那你就好好说,说错了,就别想去。

于是,面对此项关乎我人生幸福的伟大"工作",我变得极其认真和无比卖力,丝毫再不敢懈怠,不敢再唱错,就怕娘再提不让我上学的事儿。在儿时的心目中,上学是一件多么有趣的事情啊!穿着新衣裳,背上新书包,戴上红领巾,唱着歌,和小伙伴们一起手拉着手,走在上学的路上,多么幸福,多么快活。尤其重要的是,自己再不会被娘无端地地从熟睡的被窝里扯着耳朵拎出来,没完没了地天不明就跟着他们下地、放羊、割草、捡麦穗。

母亲教我的歌唱了半年,我自岿然不动,母亲的叹息里渐渐多了几分哀愁。好在我学习认真卖力,分数比别的同学考得高,此高抵消了彼矮,取长补短,母亲的心里稍稍有了些安慰。

五年级毕业那年,班里的小伙伴们很多穿上了白色运动鞋,白色蓝底的运动鞋洗刷得干干净净,用漂白粉一漂,那种感觉真白真美真神气,跟得上现在的白富美、高大上,每每做梦我都想拥有一双。有一次为了能穿一会儿马胜利的运动鞋,他竟然狮子大开口,要去了老师奖励我的一支铅笔。

趁着毕业季,我侥幸地向母亲张口,闹着要买一双那样的白色运动鞋,可母亲不同意。她说,现在家里困难,没有多余的钱,等到过年,家里卖了那头青山羊再说吧。

我对母亲的答复十分不满,尽管知道父亲犯了坐骨神经痛,不能下地干活,天天吃药,每天都要花钱。可我还是觉得委屈,母亲连五块钱都舍不得拿出来,这对处在叛逆期的我来说,受到了相当的伤害。

于是,我的脾气变得越来越逆反暴躁,有时莫名其妙地同家里人发火,因为一丁点儿鸡毛蒜皮的事与同学吵得不可开交。在一次数学课上,我还"勇敢"而公开地顶撞了数学老师,母亲对我的教训如同对驴弹琴,每每皆是潸然泪下无可奈何。

正值麦季,母亲让我帮她去田里收麦子,我极不情愿,母亲将一张磨得闪光铮亮的快镰递给了我,突然,悲剧发生了。

我握住这张寒气逼人的镰刀,望着门口这棵碗口粗的椿树,心中顿生出一种发泄和报复的快感。于是,我大镰一挥,使劲地砍向那棵矮胖的椿树。

只听得"咔嚓"一声,整个镰刀斜插进树干里,清莹碧绿的眼泪顷刻间从椿树上一滴滴地坠落下来。

这个场景把母亲和我惊得半天都没说一句话,五岁的妹妹却吓得哇哇大哭,边哭边说,哥哥坏,哥哥坏,哥哥把小树砍伤了。母亲好像也彻底伤透了心,一天都没有搭理我。

我浮躁的心终于平静了下来,而后努力地去备考,在毕业时考进了县里的一所重点中学,临上学的头天晚上,母亲将一双崭新的白色运动鞋悄悄地放在了我的床头。

时光过得真快,一晃我参加了工作,家中的那棵椿树也长成了参天大树,它的枝茎占去了院子里大半个天空,像一个独臂擎天的巨人。每次回家,我都会张开双臂像小时那样搂抱它一下。时过境迁,它的腰身已变得粗壮无比,再也抱不过来。

我抬头仰望它的枝干,不经意间,发现在树干的三米高处,有一个愈来愈明显的椭圆形大疤,如同一只无限放大的牛眼,怒目圆睁,一副无比仇视的模样。

我一下被这奇怪的现象震慑住了,悄悄地问母亲,母亲说,那还不是你的功劳!小时候的那一镰,让它受到了那么大的伤害,这一生又怎能轻易地抹去呢?

我心里懊悔到了极点,为自己的无知鲁莽而深深自责,我不敢再去看那只因愤怒而瞪圆了的眼睛。

母亲说,这活在世上的万事万物都是有灵性的,你对它好,它就对你好,你伤害了他,它就会生气,仇视你,甚至以自己的方式报复你。所以我们不能轻易伤害它们,否则,伤害的阴影会一直留在它的记忆里。对家人对孩子,对你身边的朋友亲人更是这样,不要觉得亲近而轻易伤害他们,因为你的每一次伤害,都会给他们心里造成创伤,创伤经过治疗可以平复,可留下的伤痕却是一辈子都去不掉的。

## 最后一枚柿子果

亮子的爹死得早,娘一把米一口水好不容易把他拉扯到十六岁,可娘累病了,得了肾炎,连庄稼活儿也干不了。

正上初三的亮子不得不退学,回家帮母亲种地,来维持娘儿俩的生活。

收了秋,亮子说,娘,我跟二牛哥到城里打工,挣钱好给你治病。娘听了,双眼含泪。她不想让娃出去。因为娃小,才刚刚十六岁,没出过门。

可亮子说,没事,娘,有俺二牛哥呢。娘说,听你二牛哥的话,天冷就回。娘指着院子里那棵刚染上色的柿子树对他说,孩子,娘知道你打小爱吃柿子,娘都给你留着,一个也不卖。

亮子使劲地点头,看着娘被风吹乱的花发,眼里溢满了泪。

他背着包跟着二牛上了路。在城里,二牛有力气,到了一家建筑工地搬砖。老板不要亮子,二牛就把他送到一家歌舞厅端盘子。谁知这是一家"黑店",不仅没收了出门时娘给他的五十块钱和身份证,不给工资,只管两顿饭,还时刻有人看着,防止他逃跑。亮子在这个地下歌舞厅干了一个多月,饿得实在待不下去了,趁门卫上厕所的空儿,亮子怀揣着客人给的二百块钱逃了出来。

夜里,亮子疯狂地爬山钻林,一口气跑了三十多里路,天将明时终于摸到了村口,他饿得眼冒金星两腿发软,一下倒在村口的土堆上。忽然,他看见村头几棵柿树上挂满了金黄黄的柿果儿,他再也顾不了什么,顺着土堆爬过去,抱着树腰儿拼上命地摇,十几枚金黄的柿子瞬间滚落,有的滚进了沟里,有的摔成了柿饼,亮子不顾酸涩,把摔破的柿子用手捧起来,把头埋进去狼吞虎咽地舔舐,而后瘫坐在柿子树下,捂着肚子呕酸水儿。他吐了好一阵子,才站起来,跟跟跄跄回家去。

娘见了,摸着亮儿受伤的手臂,泪水不断地流,俺的孩儿,你可吃苦了,咱哪也不去了,就是吃糠咽菜,也不出去了,娘的病不治了。

亮子从裤兜里掏出两张皱巴巴的百元钞票,对娘说,娘,看,你看,我挣钱了。娘惊喜不已,一下把儿子搂进怀里,泪蛋儿稀里哗啦没命地滚,嘴里呢喃,俺孩子能挣钱了,他爹,咱的乖儿能挣钱了呀!

亮子挣脱娘的怀抱,说,娘,您想吃什么?我给你买去。娘看着儿子瘦瘦的脸,想了半天,才说,屋后你五爷说,吃羊肉能治肾病,你到集圩子那边买半斤羊肉来,咱娘俩烧碗羊肉汤喝。

亮子舔了舔嘴唇，说，行，娘，咱买一斤羊肉，不，买两斤。话没说完，就往外跑。可不敢买两斤，娘急得脸红，最多买一斤，日子长着哩！

可过了正晌午，亮子没回来；太阳转到了西山头，亮子还没回；太阳落下去，亮子还是没回。娘坐不住了，走到村头去寻儿子。

五爷站在村口的柿子树下，叼着长烟袋，滚着浓浓的烟，望着大路的方向，说，亮子回城里了，说要挣钱，好回来给你看病。

娘看了看五爷那张毫无表情的脸，又向路的尽头努力地张望，霎时，她的双目被泪水包裹，眼前漆黑如夜。

娘从初一等到了初七，从初七等到了十五，树上的柿子透了，纷纷落下来，摔成一片片泥土，加上孩子们的摇打和鸟雀的叮啄，最后，树上还剩下了一枚柿子果。

娘仰头看看这枚孤零零的果子，她默默地走进屋里。出来的时候，手里多了个高板凳和一个小布兜。她把板凳放在柿子树下，然后慢慢爬上去，撑开布兜，将那个垂着的柿子装进去，又从嘴里吐出一截红布条，小心翼翼地将布兜口扎紧。然后，她还轻轻地抚摸一下，正想下来，却一头栽倒在地上。

亮子被五爷保出来的时候，娘已经去了一天一夜。五爷把一个小布兜递给他，这是你娘给你留下的，她让我给你说，外边的钱不好挣，还是家里安稳，只要好好干，饿不着。五爷还说，在这村里，我最佩服你娘，别看日子过得艰难，可她从来没拿过人家一粒粮食。

亮子泪眼婆娑地打开了布兜，他看见一枚又红又大的甜柿子安静地躺在里面，汁液不停滴漏，就像娘的心在汩汩地流血。

## 尴尬的幸福

有事到乡下去，返回在公路边等公交车。骄阳似火，口渴难耐，好不容易等了一辆公交车，车门一开，一步迈上车来，对着刷卡机刷卡，那玩意一点儿情面不给你留，对着你大嚷大叫："对不起，你的卡余额不足，请充值；对不起，你的卡……"

司机和乘客的眼睛一起射向了我，我的心里不由得紧张起来，脸也尴尬地红了。

司机说，交钱吧。我赶紧掏出钱包，发现包里没了零钱，我拿出了一张二十元的纸币，底气十足地跟司机说，没零的了，咋办？司机的眉头紧锁了一下，说，跟后边的人换换，如果换不了，你就在前面下车吧。

我心里开始有些发凉，司机的言语像一截冰碴戳进我的胸口。我急不可耐地拿着钱找人换零。大爷，您能帮我换一下吗？老头正瞌睡，睁开惺忪的眼睛盯了我一会，不高兴地说，没带钱。说完低下头继续他的瞌睡。大娘，你有零钱吗？大娘从布兜里掏了半天，终于摸出一个小钱包，找了又找，一共才十二块零钱。换不了。大娘歉意地说了声。

我开始着急起来，迅速地瞪大乞求的眼睛，把车内角角落落扫了一个遍，却没有人抬起脸来看我。司机终于不耐烦了，换不了赶紧下去吧。说着，他放慢了车速，似乎有想停下来的意思。

车里的人又一次把注意力集中到我的脸上，我无地自容，不知道如何是好,真想赶紧下车,逃离这个让我憋屈难受的是非之地。

这时,有一个面容姣好的年轻女子忽然站起来,她说,我有零钱,你要换吗?我正走投无路,她的热情慷慨让我感动不已,我像遇到了救星,迅速地跃到她跟前,说,那好,那好,真得谢谢您!

女人把零钱仔仔细细地查了一遍,却发现差了一块钱,有些不好意思,说,不能换了,少了一块。我怕煮熟的鸭子再一次走丢,饥不择食,一下把零钱从她手里夺下来,然后把二十块钱给她,连声说,谢谢,谢谢!够了,这已经足够了!我转身正要走,忽然想起如果有机会得感谢人家一下。于是,我掏出了一张名片说,大姐,这是我的联系方式,你和家人来市里玩,我请你们吃饭,谢谢您。年轻女子却说,真不好意思,还差……

正说着,车到站牌,女子红着脸下去了。

我顺利地交上钱,如释重负,司机低垂的下巴终于提了上去,我不想拿别人的过错来惩罚自己,索性闭上眼,想一想,如何感谢一下这位年轻的姑娘,是她古道热肠,把我从无比尴尬焦急的水深火热中拯救出来。

第三天,我的手机里忽然受到一个短信,短信里说,尊敬的××用户,你的手机充值了一元话费,缴费成功,请查询。我的嘴巴惊讶得半天没合拢,这个年轻姑娘竟然还没忘记还我一块钱,是我的名片让她知道了我的电话号码。

一年了,我从来没收到过她的任何信息,也许,她认为,这不过是人生的一次小邂逅,在别人遭遇困难时伸手帮助一下,是多么应该的一件事。

## 母亲的星期天

又到了周末,我和妻决定回农村老家看望母亲。

自从父亲过世,母亲一个人久居乡下,过着简朴的平静生活。我们兄妹几个轮番动员做母亲的思想工作,可母亲不为所动。她说,我在农村活了一辈子,离不开庄稼地、离不开我的菜园子,离不开这院子和院里的生灵,离不开整天来找我说话拉呱的老姊妹,更离不开住在咱田地里睡着的老伴。

母亲牵挂的东西太多了,让我们再也找不到合适的理由去说服她。我们兄妹几个商量好,每个周末轮流来看母亲,让她独居老家不至于太寂寞。

辗转了三次车,到家已经快正午,母亲在院周围栽种的花草和蔬菜生机盎然。那大红大紫的月季开得清香四溢,一群小蜜蜂来回穿梭忙得像赶集。推开虚掩的大门,就看见母亲正坐在房门前聚精会神地摘菜,甚至我们走到跟前她都没发现。妻轻轻地叫了她一声,她才缓过神来,凝视的眼神一下变得惊喜,你们怎么来了?我以为你们这么忙,这个星期不来了。我说,怎能不来。妻抢着说,妈,您知道今天是什么日子?母亲看了看她,疑惑地摇了摇头。妻子说,是母亲节,昨天我在超市特地给您买了一件衣服,您穿上试试。母亲似乎有些生气,别再乱花钱,咱乡下没这么多讲究,我那些衣裳到老都穿不完。孩子在大城市上学,需要的钱多,多给他点,别让他们在外边受委屈。

每次给母亲钱,母亲都是以各种理由退回来,她说,我一个老太婆,没病没灾的,花不着钱,米面菜都是自家的,不用买,省着点,城里花钱的地儿多着呢。

母亲的话让我的心一阵疼痛,转过身去点上了一支烟。妻子坐下来帮母亲摘菜。母亲说,你别沾手了,快摘完了,你们赶了这么远的路,快到屋里喝口水吧。水是刚烧的,泡茶正好。妻子和母亲边说话边摘菜,我独自进了屋。

房间的门旁放了两个莴苣和一把蒜薹,看样子,这是母亲专门为我们准备的,还有那么一大堆采摘的青菜。这么多的菜,她是一时半会吃不完的。自从我们兄妹几个像小鸟离开老巢,到城里居住,母亲无论春夏秋冬,每个星期天都是一大早就起床,忙着给我们准备青菜,这是母亲星期天最大也是最重要的事情,而且,她一做就是十三年。

小妹说,星期天你要是忙,回不去,就提前给妈打个电话,老妈准备了这么多菜,你要不来,她会伤心的。

邻居三娘说,你妈好着呢,星期天雷打不动,喊她去赶集看戏都不去,说你们回来,干嘛都不如这重要。

每次回家,母亲总把我们当成"客人",把瓜子糖果拿出来让我们吃,还要买些和做些好吃的,妻子都抢着帮她做这做那,说,您一年四季都不闲着,好不容易摊着个星期天,您歇歇,我帮您干。她母亲就笑,傻孩子,农村人哪有什么星期天,家里油盐酱醋你们找不着地方,还是我做。妻子只好帮她打下手。

饭上了桌,母亲的话儿自然就多起来,她先问我们工作累不累,然后问她的宝贝孙子学习累不累,然后就挨个儿嘱咐我们,上班要好好工作,不要让领导操心,上学的要好好上学,但也不能管得太紧,星期天还是要玩的。饭吃完了,话也就停了,但每次我都发现,母亲意犹未尽,好像心里还装着好多的话儿没有拉完。

吃完喝完,我们拎着大包小行李返回蜗居的城市,母亲都要把我们送到村口,亲眼看着我们上车离去,离开那片极度眺望不再属于她的视野。

## 腊 八 粥

过了小寒,腊八就会跳到你的眼前。

按中国的传统习俗,腊八节一定要过,还得热气腾腾地过,为啥?大江南北、黄河上下都要食果粮熬之以粥。家家集全五谷,户户柴火熬煮,炊烟袅袅,香气飘飘,以敬谷神。

据说腊八粥是从宋朝开始,连年战乱,饿殍满地,衣不掩体,食不果腹,灾病丛生。入了腊月,便进到一年最难熬的日子,饥寒交迫,官府和一些有粮有钱的地主大户人家便开始在大门口支锅加水,升火熬粥,从腊月初八一直熬到腊月二十三,也就度过了时令中所谓的三九四九,使贫困和逃荒之人不至于在数九寒天因冻饿而死,也是当时春节前社会维稳与安抚民心的一项必备工作。

自古就有"腊七腊八,冻死叫花"和"腊七腊八,冻死娘仨"的老俗语,每年腊月初七、初八是一年最冷的时节,所以吃好穿暖,防冷御寒十分必要。

习俗连绵千年,中华民族一直在信守和秉持这个伟大而美好的传统和习惯。无论年景收成如何,无论贫富易难,无论城乡农

户，都要在腊八头天精挑细选五谷豆果，多达八到十种，少至三到五味，早早熬煮，黏稠成粥，出门前喝上一碗，温润肠肺，通体汗香，粥中常有红小豆、黄豆、芝麻、粳米、糯米、小米、莲子、大枣、苡仁、高粱米、大米等，讲究人家还有的加了少许肉丁、皮蛋、胡萝卜、坚果、姜丝儿等等，所以，现在的腊八粥越来越赋予了社会的时代气息、发展气息。邻里老友还时不时捧出家门边唠边吃，呼噜噜的喝粥声和碗筷的扒拉声响遍整个村庄。左邻右舍不妨互换一碗，一边品尝一边交流腊八粥的做法和滋味，争得面红耳赤、高下难辨是邻里之间再正常不过的事。

每每腊八，我都会想起三十年前那个难过的冬天，父亲得了坐骨神经病，没有钱买药，他把家里能卖的东西都折腾了个精光，包括从生产队分来的二百斤小麦和三十斤豆子，还有五十多斤高粱。刚入腊月，家里只剩下一袋地瓜干和一小瓦罐玉米粒，这也是我们一家四口熬到夏天的活命粮。到了腊八，不懂世事的妹妹吵着要喝腊八粥，母亲愁容满面，看着躺在床上吭吭唧唧的父亲，无奈地叹气。父亲终于停下了吭哧，用不容置疑的口吻，命令母亲到奶奶家借些粮食来熬粥，母亲看着父亲那张生硬的脸，又看了看小妹，然后极其艰难地往奶奶家走。

奶奶家早早就熬了满满一大锅腊八粥，那个大黑锅平放在门西旁的一棵硕大的家槐底下，像一头巨型张着血盆大口哈着热气的怪兽蹲在树下，锅里无数只眼睛在拼命地挤吧着，扑扑啦啦地发出美妙的噼啪声。

母亲站在大灶旁，看着香味缭绕的粥锅，她往灶下望了望，火苗像一颗鲜红的心脏在不停地跳，母亲的心也随着火苗儿跳起来。她不自觉地咽了口唾沫，蹲下去想给锅底添一把火，却被从屋里拿碗出来的奶奶制止了。

给俺省点柴火吧,也不知道节约过日子。母亲红着脸站起来,顺势躲闪在一边。奶奶瞪着大眼珠子看着母亲,问,大早上的就上这儿跑,有事吗?母亲嗳嚅了一会,终于说出了来这的理由,奶奶似乎很生气,她把铁勺子在锅沿上敲得啪啪响,气哼哼地说,分家了,就单过了,不要整天来我家找饭吃,想吃什么自己弄去,我们这里,还有一大家人呢!母亲的脾气也要强,她听不得奶奶的训斥,没等奶奶唠叨完,已含着眼泪跑出了院子。回到家里,她把玉米和地瓜干用石臼捣成了糁粒,放进锅里加水煮粥,她要做一顿真正属于自己的腊八粥。

过了没有半个时辰,爷爷进院子来,他用老家最大的黑瓷碗端来了一碗热气腾腾的腊八粥,他每走一步,碗里的两颗红枣儿就会像小船儿一样来回荡悠。

母亲终于没管住眼泪,稀里哗啦地落了一大祆襟,爷爷说,别跟你娘一般见识,她刀子嘴豆腐心,现在喜子爸有病,家里日子艰难,不要泄气,什么事儿都要往好处想,等明年开春天气转暖,腿痛好了,一切都会慢慢好起来。

爷爷走了,母亲把粥碗端给父亲,父亲不喝,说给我喝,我看着母亲通红的眼睛和妹妹那张要哭的脸,我强忍着馋虫劲儿努力地摇头,毫无底气地说,给——给——妹妹喝。

妹妹高兴坏了,伸手就要去接那只大黑碗,却被母亲用手打到了一边,妹妹咧嘴哭了,母亲不管她,紧走两步把一碗粥倒进了冒着热气的粥锅里,接着又熬了半个多时辰,然后母亲给每人盛上了满满一碗热气弥漫的腊八粥,一家人围坐父亲床前的小桌上吃了一顿暖心透香的腊八粥。

过了年,父亲的腿病奇迹般好了,我们家里的日子就像爷爷所说的那样"一切都会慢慢好起来",再没有因为吃不上饭而发愁。爷爷的话我至今还记得一清二楚,可那样香甜温心的腊八粥,我似乎再没有喝过。

# 没有结果的奋斗

愿望很丰满,现实很骨感。这年月,成功很难。

单位是一个体制内单位,因为缺人,小李大学刚毕业就沾了父母的光进入单位工作,而且岗位轻松,待遇不错,工资收入颇丰,三千多元,再加上福利、年终奖,一年也有五六万的收入。和他一起招进单位的家属子女一共十几个,都跟小李一样过着清闲自在、无忧无虑的生活。小李和几个家属子女尽管工作也很努力,但他们看到,通过社会招考的体制内干部却比他们多拿一千多工资。于是他们去问劳资科长,同样是大学毕业,同一个单位,为什么差距这么大呢?劳资科长并没有正面回答他们,而是笑了笑,说,要想没有差距,只有你们自己知道该怎么去做。

现实很残酷。又过了一年,单位体制改革,体制外人员全部清退,这不啻晴天一个响雷,把这十几个招聘制人员都打懵了。他们怎么也没想到,这个风光无限、衣食无忧的"饭碗"一夜之间就被打破了,有的人寻死觅活,有的人抱头痛哭,可小李和其他两个子女通过努力奋斗,考上了公务员,成了真正的国家干部。

在压力的作用下,失去了饭碗的这帮孩子们只得各谋出路,第二年,又有五个考上了单位、社会上的公务员或事业编制,其中一名还考上了省直国家机关公务员,也有几个人虽然奋斗了却没有结果,有两个根本不去奋斗,在择业上又挑肥拣瘦怕苦怕累,到现在仍是一无是处在家啃老。

即使拼命奔跑,你也不可能永远留在原地。可是不奔跑,你连选择的资格都没有。年轻的时候过得安逸,中年的时候再想改变就来不及了。

邻居家的孩子叫李彦,高考第一年考了个本地学院,自己嫌孬,心有不甘,拿不定主意是上还是再考。她问我,我发现上进心其实是没有尽头的,但也很害怕上进之后没有结果,如果自己努力了,却失败了,我非常害怕面对这个结果,到那时我可能会一下子垮掉。我笑了笑,说,孩子,你怕失败,因为你们一直生活得很幸福,也很顺利,好像从来就没有失败过。可是人生不经历失败和风雨,你就不会很快长大,无论在顺利时还是逆境中,你只要有目标有自信并付出艰辛努力,你距离成功就会越来越近。即使失败了,你也会有意想不到的收获。听了我的话,她充满了信心,第二年考上了一个不错的大学。

台湾作家蔡康永有过这么几句话:没有上进心,我不会说是过错,但是我觉得肯定会错过很多。我才明白:我错过的东西远比收获的多。那是我第一次意识到,原来没有上进心是那么可怕的一件事。

但现实告诉我们:上进不一定会成功,但是,不上进,真的会毁了你一生。

# 隐　　患

　　1994年煤炭学校毕业后,我被分到一所中小型煤矿,那里尽管距城市较远,条件也不是甚好,但为了我心中渴求和挚爱的那份事业,我还是义无反顾地来到这里。

　　教我们的副教授用一首歌激励我们:我们都是地下工作者,我们将过着暗无天日的生活,但我们是光明的使者,我们的劳动和汗水会给你带来希望,让人们幸福快乐……唱着它,我心里无比自豪;唱着它,我们完成了一个多月的技术培训;唱着它,开始了我们"钻木取火"的神圣岁月。

　　一个月后,我的膝关节炎犯了,六十多岁的奶奶把自己坐的狗皮垫儿剪下来两大块,又找出爷爷当年的垫肩,给我拼缝了两个护膝的东西,看着它布厚毛实的自然很是喜欢。我想,它应该十年八年也不会坏吧。

　　第二天,我就把这两个"宠物"捆绑到位,既暖和又舒服,外边还翻着茸茸的厚毛,我暗自得意,这样装备应该不会再有什么问题了吧,保护得好不好,这回就看你们的了。正当我心里很美滋地向前走着,安全科李科长却从后面追了上来。

　　李科长气喘吁吁地追上我时,脸上已挂满了汗珠珠,他指着我的腿,说,小常,你带这种护膝不符合规范,是不正确的,这个东西存在安全隐患,还容易发生大问题,必须马上换下来。我一听,着实吓了一跳,但仍嘴硬地说,这——怎么可能呢?

李科长语重心长地对我说,你上学时学过物理,对吧?我点点头。物理学中说丝绸与玻璃摩擦可产生正电荷,橡胶棒与毛皮摩擦可产生什么电?我随口答道:负电。这就对了,你看这护膝既有毛皮又有化纤,我们这是薄煤层,顶板低,顶板下爬行过程中,皮毛或化纤与煤或者胶皮摩擦过程中是不是也会产生一些电荷,是不是也就存在了较大的安全隐患。接着他举了丹麦的一家动物实验室因皮毛与塑料容器大量长时间摩擦引燃了旁边的酒精而酿成一场大火的惨痛例子。

　　我听了李科长一席话,很不安也很歉疚,甚至有一种负罪感。我说,李科长,对不起,我以后一定不再使用它了,我要写篇文章把这件事记录下来,让所有的下井人员都知道这个道理,来提高我们的整体安全防患意识。

　　你说得很好。李科长满意地笑了。

# 好好活着

　　俗话说:三十而立,四十不惑,可是过了四十,我竟然没有立起来,尽管娶了媳妇有了孩子,可是至今我还没有一处属于自己的房子,住在郊区岳父家里的一个拥挤不堪的大杂院里,西边靠厕所的两间平房便是我们一家三口的安身之所。

　　每天除了脚蹬手刨地骑自行车上班,就是像牲口一样被岳父驱使。岳父是一个修包补鞋的小生意人,每天天不明就要到市区的一个农贸市场安营扎寨,黑得看不见针孔才慢条斯理地"收兵",

而这些安营拔寨的活儿都一股脑儿推在我这个没能耐没本事的"半个儿"身上,用老岳母的话说,人家都百巧万能的,你看你,跟木头疙瘩似的,一天三饱一倒,真委屈了俺那漂亮水灵的闺女了。

就这样活着,我憋屈得都想跳楼,还好老婆心疼我,除了嘘寒问暖,吃饭给我夹块肉,还偷偷地把她娘藏得好吃的好喝的拿到自个屋里给我打打牙祭,就冲这点,我也得屎壳郎垫桌腿——硬撑下去,绝不能临阵逃跑,或者说跟她爸妈公开翻脸叫板。

我工作刚有起色,厂长准备提拔我当车间主任,岳父也对我有了一丝好脸色,下了班,还时不时喊我陪他喝两杯。

我天生命贱,春节前我一不小心被机器绞伤了手臂,烂得一塌糊涂,光医药费厂里就垫付了三万多块钱,出院在家休息三个月才算保住,可成了残废,厂长发善心没开除我,让我去后勤部把握大扫帚。

我不怕吃苦,努力做康复锻炼,残手很幸运地得到了很大恢复,单位后勤工作也被市环卫收编,让我当队长,老岳母上庙烧香,激动得嘴都哆嗦:谢谢菩萨,谢谢菩萨,我们家终于出了个当官的,不仅吃上了公家饭,还当上了队长,佛光普照,佛光普照啊。

乐极生悲,几个朋友说为我贺贺,谁知酒后硬要我开清扫车拉他们回家,结果半路撞上了一辆工程车,弄得车毁人伤,单位开除不说,还欠下人家五万块钱医药费,被判了六个月拘禁。

同事都骂我没脑子,邻居说我缺根筋,岳父岳母却没有再骂我,说:你的命就是我们的命,别说骂就是揍死你又有什么用。干脆跟我修鞋吧,我这套行头将来就是你的了。不要灰心,人生这条路不好走,活着这碗饭不好吃,要想走好就不要顾及冷嘲热讽,闲言碎语,哪里跌倒哪里爬起来,不要管别人,挺直腰板,活出个人样给自己看看。

# 得功和他的陶罐儿

得功老汉参加过抗美援朝,可他什么功也没得,只抱回来一个没有把的破陶罐。

得功老汉跨过鸭绿江的时候才十七岁,仗没打两回就患上了肾炎,高烧不退,那个时候缺水呀!班长徐福贵为了给他弄水,右腿肚子被美国小鬼子扫了一枪,结果陶罐儿摔掉了把儿,是班长抱着陶罐儿爬回来的。

后来,徐福贵和得功一起被送到了后方医院,不久班长因骨髓感染得了败血症,死了,去世前,他跟得功说,他家里就剩下父亲和一个弟弟。父亲爱喝酒,一喝就醉,醉了老打他和弟弟。这罐儿是他爹的酒罐儿。他参了军,有些不放心,跟他爹说,爹说你放心吧孩子,你走了我就不喝酒了,也不会再打你弟。可徐福贵还是不放心,临走时就偷走了爹的酒罐儿。现在酒罐儿成了水罐儿,还摔掉了两个小把,他觉得对不住爹,所以他想拜托得功,等打完仗去看看他爹和弟弟,并把这陶罐儿捎给爹。

得功治疗了三个月没见效果,不久便被遣送回家,回家的时候,除了他的一身军装,就是他背在包包里的那只陶罐了。

回来了的得功被村里人骂作逃兵,连家里人都在邻里面前抬不起头来,大队每天都要点他的名,更不允许他外出,所以寻找徐福贵家人的事情就一直没能实现。

到了一九五四年,得功终于被解除了审查,他这才背着陶罐去了徐班长的老家淮安,可找来找去,也没找到徐福贵的父亲和弟弟。没办法,他只好自己先回来,把打听徐福贵家人的事情委托给了地方政府。

回到家,他把陶罐儿用报纸包好放在床头柜子里,一年也不拿出来一次,后来他就想,为了能天天想起班长,就把它摆在大桌上吧,好时刻提醒自己,不要忘了班长临终前的交代。陶罐儿被摆放在了桌子当中,不经他同意,任何人都不准去碰它,包括他的老婆郝翠花。

一九九八年得功老汉随儿子大军搬进城里,陶罐儿也就由农村转移到了城市,得功老汉仍把他摆在了客厅的桌子上,儿媳妇看着这灰不溜秋的老古董有些生气,想扔掉,但又不好意思开口,便要老汉的儿子扔,儿子不敢,又把问题转嫁给了自己的母亲。

得功的老伴看着儿媳妇那不阴不晴的脸,心里很矛盾,于是就劝得功,他爹,反正人也找不着了,你就把那个破罐儿扔了吧,摆在家里不好看,儿子和媳妇都不乐意。得功的眼一瞪,你说啥?把这罐扔了,亏你想得出来,它可是救过我命的,你知不知道!我知道,可那都是哪朝哪代的事了,扔了它,让儿子给你买个好看的。不行!得功老汉很态度很坚决,买再好的也不行。

老伴急了,顺手搬起来,说,不扔,我这就给你砸了,看你还倔。得功老汉看着老婆手里的陶罐,脖子里的青筋马上鼓起来,他不由分说上去给了老婆子一巴掌,老婆子本想吓唬吓唬老头,让他知难而退,可是得功老头来劲了,还打她,老婆一不做二不休,索性把陶罐儿扔在了地板上,"喀嚓",陶罐随着响声碎成了一堆瓦片儿。

得功老汉望着地上的碎片,一下僵在了那里,大约过了三四分钟,他才跟跟跄跄奔向了碎片儿,刚走了两步,猛地一头栽下去,不醒人事。

等得功老汉在医院里醒来,嘴也歪了眼也斜了谁也不认得,口水咕嘟咕嘟地从嘴角里往外淌,老婆后悔得想去跳楼,子女们谁也没了性子。

为了弥补自己的过错,老婆跑遍了整个小城,都说这东西不能修,也不是什么值钱的玩意儿。可老婆不死心,非要修,她认为,只要修好了这瓦罐儿,老头子的病肯定会好起来。

儿子终于打听到,河西双窑镇的老陶匠龙官塘能修,于是驱车四百多公里到双窑去找他,可老陶匠不修,大军这才把这陶罐的来历说了。龙官塘没言语,把大军撵出来,说你在外边等着,然后推上房门把自己关在了屋子里。

一直到了太阳落山龙老头才出来,他手里捧着一件复原后的陶罐,大军一见嘴巴张得老大,简直一模一样,只是上面多了几个跟陶罐一色的扒锯儿,罐上的裂纹被龙老头抹得不见一点痕迹。当然,龙官塘没收大军的谢礼,还送了得功老汉一个喝水的陶杯儿。

正如得功老伴所料,得功见到陶罐儿病果然好了许多,他躺在床上每天都要盯着陶罐看上一个多小时。

半年后,得功老汉下了地,拄着拐杖满大街溜达,老婆对大军两口子说,是这陶罐儿救了你爹的这条老命,你们以后可得保护好这罐子,可别让它再受一丁点儿损坏。

又过了两年,有一天家里来了两个人,说是从淮安那窝里来的,听说得功老汉收藏了他们那儿烈士的陶罐,特来取回,大军查看了他们的证件和介绍信,证明是当地文物局的领导。淮安文物局的同志拿出一千块钱表示酬谢,得功老汉用手挡回去,他说,你们想拿回陶罐,就必须答应我一个条件,帮我找到徐福贵的家人。

文物局的同志满口答应，一定一定，我们一定帮您完成这个心愿。

陶罐被带走的第二天晚上，得功老汉去世了，他死得很安详淡然，嘴角上似乎流露出一丝满足的笑意。

## 鸡　　事

母亲和郑二婶就像亲妯娌俩，无话不谈，遇上新鲜事儿，两个女人会端着饭碗站在凳子上隔着矮墙拉呱半天。

夏天刚到，我家的母鸡们和二婶家的母鸡就开始争先恐后地生儿育女。一近中午，二婶的院子里与我家的鸡舍旁，群鸡高挺颈脖，面目羞红，不惜余力地卖弄和炫耀地叫着，外人听来，那就是一个典型的原生态大合唱。这种噪音往往吵得我和弟弟头晕耳胀，写不好字，背不了书，小弟就气嘟嘟地拿着竹竿乱舞，直吓得群鸡惊叫不迭，扑棱棱地四处逃窜。母亲却对它们的叫唱情有独钟，如果哪天参加合唱的鸡少了，她一准能听出来，随着一阵"咕咕咕"的呼唤，鸡就会像受了命令似的蜂拥而至，任她沙场点兵布将。

也不知是嫌我家鸡舍的生育环境太差还是受了小弟的惊扰，以"高产"著称的芦花鸡未经母亲的允许私自将生产转到了二婶家。芦花鸡的背叛举动刚开始谁也没有注意，可两天后就被母亲抓了个现行。母亲头天发现芦花鸡高叫着从矮墙下来时，既紧张又有些迷惑不解，她不相信"芦花"这个得力干将会背叛她。她到鸡舍里查找了好半天，根本就没找到芦花鸡的蛋，因为母亲不仅认识她的每一个下蛋的鸡,就连下鸡的孩子她也能识别得特别清楚。如芦花鸡的蛋灰黄,钝圆,表面偶有白点。大黄鸡下的蛋粉白尖长,光滑细腻。弟弟看着母亲如数家珍,很是惊奇,问母亲:娘——娘,你是怎么知道这些的?母亲说,观察呗!就跟你们写作文一样仔细地看,认真地看,看多了心里就有数了。我说不就是个鸡蛋吗?看这么仔细干吗?母亲说,小没良心的,不看仔细能行吗?你们几个穿衣上学的钱哪来的,还不都是从鸡屁股眼里抠出来的。

母亲跟踪追鸡,那芦花刚跳上矮墙,母亲就一路小跑进了二婶家,只一会儿,芦花鸡就松散着羽毛一脸幸福地从二婶的鸡舍里走出来,然后扑棱着飞上矮墙,仰起脸脖对着周围的兄弟姐妹唱个不停。

母亲顾不上许多,冲向鸡舍伸手将芦花鸡的蛋拿了出来,大大的圆圆的温热着母亲的手,恰逢二婶从堂屋端着簸箕出来,被看了个正着。二婶当时就拉长了脸,大嫂,你这人怎么这样?跑我家来偷鸡蛋呢!

母亲的脸马上涨红了,说话有些不太顺畅,她婶,你说话怎么这么难听?这是我家的芦花鸡下的,我来拾我家的鸡蛋。二婶的眼珠子差点瞪出来,胡扯,你家的鸡怎么会跑到我家来下蛋呢?我跟你好这么多年,竟然没发现你说谎还这么不脸红,偷了人家的鸡蛋还说自家的鸡下的?有些不要脸了。母亲听了这些恶毒的秽语,火马上升起来:谁不要脸,你才不要脸呢?我家的鸡跑你家里下蛋,你们连个屁不放,还心安理得地在那儿吃,也不怕噎死。就这样,两个女人互相撕扯着到大街上去找人评理,结果谁也没评出个理来,最后就动了手,母亲掴了二婶两巴掌,二婶抓破了母亲左侧的脸。

母亲和二婶从此形同陌路，谁也不再搭理谁。我们这些屁大的小孩子也跟着受了株连，二婶不让她儿子成才上我们家来玩，母亲也不准我们到她家去。父亲和二叔却不管这些鸡毛蒜皮的事，照样在一起喝酒摸牌。二叔说，女人就是女人，头发长见识短，针眼小的事看得比辘辘还重。过了两个月，我和成才都觉着憋得难受，趁她们不在家，我们就拿着连环画和熟地瓜偷偷趴在院墙上幽会，就像当年母亲和二婶一样站在板凳上隔着墙头儿一边啃地瓜一边唠家常。

深秋午夜月儿正圆，二婶家的鸡群中闯进了一位不速之客，一个两眼放光全身焦黄尾巴老长的物件，它不顾群鸡反对毅然用尖嘴儿咬住一只大母鸡要往矮墙上拖，顿时群鸡惶恐，叫声一片，最先听到声响的是睡觉警醒的母亲，母亲披衣下床，跐着鞋从屋里跑出来，在院子里摸了一只抓钩冲过去，怪物正从矮墙上拖着尖叫扑棱的母鸡通过，母鸡的不配合让它有些力不从心举步维艰，母亲一抓钩抛过去，正好抓在那怪物的头上，怪物身子抖了一下，丢开母鸡仓皇逃遁了。

被救下的大母鸡是二婶家的，母亲看后却什么也没说，让爸给二叔送过去，为这，二叔非得拿出花生米来，和父亲对饮了小半宿。

第二天，母亲发起烧来，也不知是冻的还是吓的，反正病得不轻，不停咳嗽。眼看着中午我们爷儿三个要饿肚子，谁知，大门吱扭一下开了，二婶端着个大砂锅，后边跟着成才，提了一筐鸡蛋儿。二婶看见我们不好意思，笑了笑，接着就直接进了母亲的房间。我和成才争抢着，把耳朵和眼睛贴近门缝里，听得二婶说，嫂，俺对不住你，都怪俺当时没弄清楚，还跟你吵架，俺跟你赔不是。母亲说，没事，都过去了。二婶说，俺家那只老母鸡正下着蛋呢,它要是被黄狼叼走了,今年给成才买新衣就没指望了。为救俺的鸡看把你都冻病了,俺杀了只抱窝鸡给你发发汗,你可得吃一点儿。母亲无力地说,妹子,你别客气,咱是姐妹,自打嫁过来咱们就亲,嫂子没拿你当外人呢。

二婶开始啜泣,把拿小勺的手伸向母亲,娘抓住二婶,两个女人的手又紧紧地握在了一块儿。

# 我的老师"眼镜王"

小学三年级,数学王老师成了我们的班主任。王老师个子瘦眼睛小,又戴了一副高度近视的小眼镜,所以,同学们都叫他"眼镜王"。

听四年级的马老师说,王老师原本家就是县城的,后来下放到这里。现在又找了一个在城里上班的媳妇,两地分居使城里的浪漫姑娘倍感寂寞,媳妇说,给你一年时间,若调不回来,就离婚。王老师一听傻了眼,正在焦头烂额之时,忽然眼前一亮,他听说自己的学生林凯,其父林子堂,是县长的秘书,这下把他给乐坏了,于是就不失时机巴结林凯,有时从城里回来带点稀罕物件都要完完整整地送到林凯家。林子堂的媳妇说,小王,你别客气,我们家老林会给你帮这个忙的,可你得让俺家小三当班长。王老师马上满脸堆笑,连说:您放心,您放心,我一定让他当上全班的大班长。林子堂家里的很满意,说,这还差不多。

林凯学习不太用功,所以成绩一直处于中等,个性懒惰,好骂人，同学们都不喜欢他，所以，当王老师因为我在班上打闹，撤了我的班长，宣布他当班长，教室里顿时一阵骚动。眼镜王老师敲着讲桌高喊：静一下，同学们，静一下，我跟林凯同学已经谈过了，他说他愿意以实际行动当好这个班长，让大家相信他。可马前力不服气，愤愤地说，"王眼镜"太不公平了，我得给他颜色尝尝。

　　王老师的单人宿舍就在办公室最东头的一间小屋里，里面有一张单人床、一张三抽桌、一个大背包和几件半新不旧的衣服，门口放着一个烧煤球的小炉子，旁边放着一锅一碗一双筷子，门后的墙上砸了三根方钉，钉子上分别挂了三个用麻线系着的瓶子，瓶子里分别装着豆油、酱油和醋，这就是王老师在孟口小学的全部家当。每个星期从城里回来，我们都会偷偷地去翻一翻他带回好吃的东西没有，基本上每次都带一点，如糖块、饼干、馒头等，几乎都被我们打劫一空。这一次进去，马前力没寻着东西很生气，就顺手拔掉挂瓶子的三颗钉子给扔了，结果王老师在门后挂油瓶时，误将一只趴在钉眼上的苍蝇当成了钉子，结果，一挂苍蝇飞走了，油瓶却掉下来摔破了，豆油溅了一地，覆油难收，一边心疼得他"哎哟"直喊，一边还骂这只苍蝇可恶。他在班上把我们臭骂了一通，说你们几个坏小子不仅偷吃我的东西，还拔我的钉子，结果油瓶没挂上，一油瓶给摔了，我这个月也只能吃水煮菜叶了。骂完了又笑了，我们第一次感到小"眼镜王"还有一种说不出来的亲切感。

　　可后来发生的事情让我们始料不及，王老师训完我们第二天，我和马前力就找来了三枚铁钉偷偷地帮王老师砸在墙上，因为这件事没告诉王老师，王老师刚煮完饭，忽然看到挂瓶子的墙上出现了好几个模模糊糊的黑点，他生气了：娘的，这些苍蝇真是欺人太甚了，老是欺负我视近看不清，上次骗了我，这次绝轻饶不了你们。说着,他伸出左手对着那个黑影猛拍过来,只听得"哎哟"一声,痛得他龇牙咧嘴,面部扭曲,钉子头穿进了手掌,他猛地向后一拔,钉子是拔了出来,可左脚踩进了地上热气腾腾的汤锅里,他一下子跌倒在地上,双手抱着脚没命地呼救,办公室里的老师们都跑过来了,他的脚烫得像个白条猪,又白又肿,几个大泡水鼓鼓地打着颤。

王老师住了十几天院就回来了,看到他一瘸一拐地走路的样子,我们都觉得滑稽好笑,可王老师未再训我们,而我们心里却怎么都不是滋味。有一次我感冒发高烧,身体被烧得抽搐,可把王老师吓坏了,他自己跑到村卫生所请来了"赤脚医生",给我打了一支退烧针,又用他仅剩的一枚鸡蛋给我做了一碗姜丝鸡蛋汤,看着他焦急忙碌的身影,我哭了。我说,王老师,我原来一直在恨你,恨你训我,恨你撤我的班长,可我现在不恨你了,真的。我说,东西是我和吴洪偷吃的,钉子是搅乎、马前力拔的,都是我们不对,害得你现在走路还瘸。我一哭诉,王老师眼镜后的黑眼圈变成了红眼圈。他说,过去的就让它过去吧,我知道是你们干的,我不怨你们,老师也有做得不对的地方,你们不要怨老师,行吗?我含着泪点了点头。他仔细地端起鸡蛋汤,就像端着一碗金豆子,唯恐不小心撒掉一丁点儿,然后让我依着床头的后墙一口一口地喝下去。

我们上四年级的时候,王老师仍旧没调进城里,可林凯却上县城读书去了,因为他爹当上了副县长,王老师一下苍老了许多。又过了一年,他终于以市级优秀教师的身份被选拔到县一中附小教数学,返城的那天,王老师把自己多年未穿的西服拿出来平平整整地穿在身上。

他站在讲台上与我们告别,厚厚的镜片后面挂着两行浊泪,他说他对不住同学们,没有教好同学们,在处理一些问题上存在着错误,向大家道歉。他说他在这儿待了整整八年,对这里的一草一木都有了感情,舍不得离开我们。他说这八年里,他的父亲去了,母亲患上风湿病不能走路,五岁的女儿学会了下面条。他的话很多,盛满伤感,他把我们当成了他的家人。

小学毕业,我和马东、章俊考入了县一中的初中班,王老师听说了高兴得不得了,经常三番五次地邀我们几个去他家吃饭。他在学校的日子也相当困难,一家三代五口人挤在两间低矮的平房里,做饭用的是门口的煤球炉子,半天做不熟一个菜,我们几个都不愿意去,他就生气。有时还偷偷背着家人塞给我们一两块钱,跟我们说,你们现在长个儿,不能光吃青菜叶子,有空去喝一碗肉汤。

上了高中,听同学说他不再教课了,而是去了后勤,当管理员。原因是他做事太认真,因为他的课教得好,考的学生多,校长的一个不争气的亲戚想插到他的班,结果被他严厉阻止。教育局的某科长的孩子想转到他的班,也被他拒之门外。结果,第二个毕业班没带完,就被学校转了岗。

高中将毕业正复习迎考,却听同学说,王老师病了,病得很厉害,可能是肝癌,躺在医院里,快不行了。我们几个同学闻讯伤感不已,星期天到县医院里去看他,他面色晦暗,本来无肉的面庞更加瘦削,原本两只有神的小眼睛却深深地陷了下去,嘴唇发紫,说话有气无力。见了我们,几分惊喜昙花一现。继而骂我们没出息,都这个时候了,你们还有闲心过来看我,赶紧回去复习考试,现在一分一秒都宝贵,你们一个个都考上好大学,比过来看我一百次都管用。没让我们说话,他就毫不留情地把我们轰了出来。我们知道他的脾气,从那以后没敢再去。

高考结束当天,我们才知道,王老师在我们高考前一天下午去世了,他临去世交代,千万不要惊动那帮孩子们,高考是一辈子的大事,可不要因为我影响他们。

## 学　雷　锋

今年的三月五号,我心血来潮,背着相机去了和平路的一家小学采访,想重温一下雷锋精神在孩子们的心中的那份真实感觉。

在教务处主任的带领下,我们到了三(二)班,如花似玉的班主任小玲老师在给她的学生们上语文课:"沾衣欲湿杏花雨,吹面不寒杨柳风"的童稚里昭示着春天的脚步摇曳而来。

我问同学们,知道雷锋的请举手,问了好几遍,你看看我,我看看你,最后只有五位同学举手。我问第一个举手的小男生,你说说雷锋是一个什么样的人?小男孩猛地站起来,理直气壮地说,雷锋是个傻子。一语惊人,教务主任和小玲老师始料未及,满脸窘相。我说,不要紧,童言无忌嘛。

然后让主任和小玲老师做了回避,我又问:你为什么这样认为?小男孩说,我妈说的,雷锋光想公家想别人,从来不想他自己。我说,对呀!这不是品格高尚吗?

小男孩说,对什么对呀?我爸说他就学一回雷锋,下班救了一个被车撞伤的老头,结果挨了一顿揍不说,还被老头的儿子讹去了一千多块钱。学雷锋有什么好,净倒霉,老妈老骂老爸是傻

子,跟雷锋一样,傻得不开窍。

　　我没有说什么,让小男孩坐下来,我又叫了坐在后排的一位小女孩,女孩扎着两个羊角辫,模样儿有点害羞。她吞吐了半天,才说,我——我觉得学雷锋不好,因为,因为我妈妈去年带我到公园去玩,在荡秋千时捡到了一个钱包,我和妈妈找了半天才把钱包的失主找到,可丢钱包的叔叔不仅没谢谢我们,还说我们拿了他二百块钱,妈妈气得找管理员评理,说,早知如此还不如把钱包扔到垃圾桶里。

　　第三个孩子正用期待的目光看着我,希望我再去问她,可我不想再问了,说,同学们,谢谢你们的发言,今天就到这吧,叔叔还有事,再见吧。

　　我背着相机漫不经心地走在大街上,今天的采访很失败,既没录音也没录像,我不知回去该如何向主任交差。我想,我不能认同孩子们的片面认识,我,我毕竟是个成年人,成年人毕竟有自己的独立认识。

　　我正想着,一位大爷正哈着腰撅着腚地蹬着一辆三轮车上桥,三轮车上堆满了胖嘟嘟的大西瓜,我一下来了兴致,紧跑了几步去帮大爷推车,谁知大爷不但车没骑上去,一车西瓜却翻进了桥边的沟里。

　　我吓坏了,正担心大爷有什么事,谁知大爷"呼"地从沟里爬上来,指着我的鼻子问,你坏小子要干什么?要吃西瓜你吱一声,这么偷偷摸摸干什么!

# 饮 马 泉

熟悉八岭崮的人们都知道,八岭崮顶的北侧和南侧各有一泉,分别称北泉和南泉。因为八岭崮像个巨大的伏地龙头,两个泉就像两只汩汩流泪的眼睛,故而刘家村的人们又叫它们龙眼泉,后来南泉枯了,只剩下了北泉,北泉水流潺潺,一年四季从不干涸,且潭中之水从无增减,始终不满不漾,清澈见底。无怪乎当地的百姓都说,连青山是"山多高水多高"。这泉滋养了周围的村庄几千年,当地的村民还叫它饮马泉。这来历有讲究,还得从唐初开始。

话说公年618年前后,隋家王朝的腐败使得九州大地豪杰起义,李家作为贵胄,又得中原民心,遂兵伐杨广,由于李家兵多将强、群策众谋,没用一年工夫便将暴隋颠覆,改弦易张。可有窦建德、王世充等残部割据,相互倾轧,觊觎大唐。

卧榻之侧,岂容他人酣睡,于是高祖责令秦王李世民率部征剿,这李世民可是李唐第一功臣,身边谋臣上百,良将千员,谋臣有房玄龄、杜如晦、魏征、长孙无忌等,帅将有李靖、秦琼、尉迟恭、罗成、侯君集、裴元庆、单雄信等等,由这么一班子文韬武略、骁勇善战的臣子辅佐,仗打得如鱼得水,三下五除二就把萧铣、辅公祐等这帮兔崽子给收拾了。旗开得胜,班师回朝,兵多了不少,将也添了多员,可这一天来到连青山下,见其山势高耸,延绵逶迤,山

上碧树森森,山下波光闪闪,煞是好看。李世民看到这景致,鞍马劳顿尽消,他打马沿山坡飞奔而上,白马如风驰电掣,不一会儿到了山根下。他提起马鞭搭眼向山上仰望,见山中细流涓涓,百鸟啾啾,鲜果摇曳,香风阵阵,不由口津溢生,越发喜欢。

　　正在此时,丛林中忽然枝叶摇动喊声震天,快!兄弟们!活捉李世民,头功一件,咱大王有赏啊!呼啦啦山上旌旗竖起,雷声四动。李世民心里一惊,赶紧拉马下山,速速向山下逃离。他打马绕刘家庄山后的石道向北面奔来,正遇上率领众将士前来护驾的秦琼大将军,秦琼二话没说,闪出一条道,李世民驱马下山。秦琼双手高举金锏掩杀而来,正遇上山大王刘正,刘正乃是王世充帐前大将,身高体壮武艺高强,因李世民打王世充时与其失散,只好带残兵一千多人在此占山为王。

　　这刘正哪里是秦琼的对手,没几个回合,便落荒而逃,秦琼正要调马追赶,马腿却被飞驰而来的一块石块击中,鲜血直流。赤兔马前腿瑟瑟发抖,马头调转,咴咴乱吼,秦琼赶紧策马转身,沿着山道向后山狂奔。跑了大约七八里地,山中湿闷无风,秦琼早已全身湿透,胸中如火在蹿,加之赤兔马前腿受伤,跑起来大汗淋漓、气喘吁吁、颤抖不已,眼看赤兔马实在跑不动了,秦琼只好下来牵着它缓步而行。

　　走着走着,秦琼感觉一阵凉风扑面而来,他惊讶万分,赶快向前紧行,不一会儿便看到一口大潭,潭方圆约百尺见方,上有一泉,汩汩而流清澈如镜,秦琼甚是高兴,手捧清水痛饮几口,泉甘如醴好不惬意。于是他牵来赤兔马,让它也饮上两口,赤兔马前蹄踏进潭中痛饮不止,蹄入潭中,瞬间汗液尽消,流血立止,让秦琼大为称奇,以为神助,于是他抱拳恭揖相拜,多谢山神相助,如能顺利回还,我秦琼发下宏愿,定让皇上钦封你为饮马泉。

秦将军下山,将此事道与李世民,李世民也大为称奇,言,此饮马泉真乃神泉也,等班师回朝后,定讨得父皇御封。可回朝以后,李世民又与李建成、李元吉争夺皇位,内战爆发,就把这事忘得一干二净。兵士之中有个姓杨的,受家世熏陶,颇懂得些中医中药,见这地方山高水美,良药奇草极多,就悄悄地留在了这深山老林之中,在山下的村子里找了个姑娘做媳妇,过起了上山采药、下水网鱼的田园生活,连青山周围历朝历代出了好多有名的中医世家,据说都是他的嫡嗣后代或徒子徒孙。

# 将一盏孤灯点亮

从异地出发回来,已是凌晨六时,尽管是硬卧,可是一向腰椎不好的我,再加上中铺绻缱,使我的腰痛得更加不能自禁。

带着倦困和伤痛,我拉着行李箱尾随着人流上下折返,在急急赶行的人群中慢慢地走。好不容易看到了晨光闪露的一片天空,检票员说,你的票。我忽然记不起车票装进了哪个兜里,在身上乱摸了一通,一下被来者挤得东倒西歪。检票员翻开白眼球看了我一眼,伸手去接一个手牵孩子的女人皱巴巴的票,怎么握把成这样啦?检票员一边取着紧缩成球样的票,一边嘟囔,女人的心情似乎并不比她好多少,孩子弄得,我有嘛法,我总不能把孩子打一顿吧?检票员低着头撕扯那票,不再说话,终究也没扯开,最后很不耐烦地把票塞到女人手里,走吧,走吧!女人一把抓过,一手用胳肢窝夹着小孩,一手拉着皮箱沿着栏杆往外挤。

我终于在钱夹里找到那张用途广泛的车票,因为拿着这张火车票,可以到车站的候车室就座,享受吹空调的待遇,可以到候车室里的小卖部购买打折的食品饮料,可以免费使用卫生间,喝电茶炉的免费开水,免费享受火车上的一切服务,服务员为你拉窗帘,换桌布、倒垃圾,还提醒你马上到站,切勿睡过点等等。总之,这张车票的实用价值远远大于它的货币价值。

出站时,手提肩背的我被两个健壮的男人堵在了出口处,他们一脸的热情,争先恐后地迎上来,上哪去?我送你,有好车,不远处等着呢!

一个五十多岁满脸胡子的人首先拦住了我,张开毛茸茸的大嘴招呼:"喂!上哪儿?看你拿这么多东西,坐车吧!"嗓门儿挺大,一口浓浓的当地话。说实话,我对这种"拉客"方式向来是厌烦的,在我的认知里,他们只认得钱。

我慢腾腾地极不情愿地说,有车,等着呢!毛胡脸儿似乎也有些不情愿,一脸不高兴,猛地从我身旁挤了一下,把我挤了个踉跄,然后去找下一个目标了。我的心情就像这天气阴郁得愈发沉闷。又有不少人过来捐活,我再也懒得理睬,有个戴着黑眼镜的青年人,看着我头也不回的背影说,这伙计是不是耳朵有问题,问他也不说话。另一个穿着绿色风雨衣的人接茬说,可能是个哑巴。我突然愤恨到了极点,真想过去给他们两个大大的嘴巴,在这个所谓的世界古老文明之乡晃悠着这么一帮人,似乎跟"仁义礼智信"的边儿都沾不上。

好不容易挤出热情的人群走到了马路上,也未见到接站的兄弟,我打电话,电话那边忙音,六点半了,我这贪睡的兄弟大概还未醒来。于是我决定坐城际公交回济市去。

到了车站购票处,坐在那儿安检的工作人员五十多岁,胖胖的一脸严肃,我背着沉重的行李好不容易爬上台阶走到他跟前,请问同志,到济市的公交在哪坐?那老同志无动于衷,我呆呆看了他足足半分钟,请问,去济市的城市公交是在这坐吗?接着,又是十几秒的沉静。

突然,这位肥硕的工作人员抬起头,理直气壮地对我说,你问谁呢!我疑惑地望着他,说,问您呢。他很客气地瞪着我说:问我,不知道!我一下子郁闷到了极点,也不知道在哪地儿得罪了他,鬼晓得,今天的Y州人到底是中了哪门子邪?

我垂头丧气地搬着沉重的行李再一步一步地从门口高大的台阶上走下来。恰巧,一个机动三轮的捎客人正撵着外地的一个十七八的小姑娘跑,小妹妹,你上哪?我拉你吧,又快又便宜哟。小姑娘也就十六七岁的模样,扎着两个小辫子,一晃一晃的,显得特单纯。她背着一个大包,双手还提着行李。姑娘累得娇喘,两腮潮红,一边走一边说,不中,不中。三轮车还是跟着小姑娘撵,天还早着呢,你得等好几个钟头呢!姑娘忽然转过头问骑车的,叔,你说说,汽车站门口在哪?俺没带钱,俺姑说的接俺来着。骑车的人愣怔了一下,硬生生地回道:我哪知道!话没说完,三轮车早跑得没了影儿。

小姑娘一脸惆怅,孤零零地站在一棵法桐树下茫然无措,好像她已经弄不清了东南西北。这时,一个穿环卫服的五十多岁的妇女推车走到她跟前,小心地问,闺女,你到哪儿去?

小姑娘怯生生地看着眼前这个穿着环卫服带着黄帽子的老

女人,女人平静的脸上写满憨厚与温和,小姑娘马上有了精气神儿,眼睛亮堂起来,姨,俺——俺新乡来的,来找俺姑,俺姑家开了个面条厂,缺人手,要俺来,说一个月开俺一千块钱,俺就来了。

中年妇女笑了笑,你姑家在哪?说到这,小姑娘的脸上又马上蒙上了一层阴影,俺姑说,让俺在西边的汽车站门口等她,可俺迷糊了,分不清哪是东哪是西了,也找不到汽车站在哪了?中年妇女又笑了笑,说,闺女,你如果不嫌脏,我拉你过去,前面不远就是。

小姑娘很高兴,刚爬到车上,又马上下来,说,姨,俺没钱。中年妇女又笑了笑,傻孩子,姨不要钱,你上来就是。中年妇女帮女孩搬了行李,然后带着小姑娘缓缓向汽车站的方向骑行。

我的手机铃声突然响起:看不穿你的眼睛藏有多少悲和喜,像冰雪细腻又如此透明,仿佛片刻就要老去,整个城市的孤寂不止一个你,只能远远地想象慰藉我们之间的距离……爱过的机会真实已粉碎人事已非,还有什么最可贵……

我站在马路上,看着她们的身影渐行渐远,慢慢融进了大地的雾曦里,形如一幅意象朦胧的巨幅油画。她们的背后,紫色的云霞忽地燃烧起来,也瞬间点亮了行者那盏孤独夜行的心灯。

## 神仙岭神话

我们这地方叫神仙岭,说实话真美,青山绿水,白云蓝天,后山上有一座千年古庙,山下还有好几个幽深的碧潭。

长着山羊胡子的四爷常自喃：这是我们先人留给我们的,我们的先人是这山上的"仙人"。

什么先人、仙人,先人是先人,仙人是仙人。刚上了初中的我自以为聪明,说,四爷,您老糊涂了吧,先人是祖宗,仙人是神仙,咱祖宗能是神仙？要是神仙,那我们不就是神仙的后代,岂不也成了神仙,神仙想干嘛就干嘛,还能腾云驾雾,那多美！

四爷面无表情,只是用干枯的手在我的头上抚了一下,嘴唇翕动,仙人样把自己盘成了一尊泥塑。

也不知从什么时候开始,这里忽然热闹了起来。一些穿着时髦、肤色光鲜的人儿不知道从哪里冒了出来,她们昂起山一样的胸脯,袒裸着涧水一样的乳晕,摇晃着大屁股悠闲自在地行走在山前小道上,她们吓晕了我们这儿手足粗糙的女人,更勾起了男人非分而龌龊的心。

啧啧,城里人就是城里人,当个城里人真不赖。这话儿还没讲完,从城里跑出来的大车小车早就蚂蚁般挤满了山沟沟。

上边说,这里青山绿水,多美,美得就像一个尚未出阁的清纯少女,放着不用,可惜,可惜了！开吧,是姑娘早晚都要嫁人,趁着是处女,没准能卖个好价钱。

于是,一帮戴着红帽子黄帽子的人手拿相机、三脚架、铁锤、钢锹,在山里山外不停地瞎转悠,有事无事地敲打敲打,那无比庞大的机器呜呜哇哇地怪叫,把山的肌肤咬得支离破碎、千疮百孔,大山在晃,石屋在荡,狗和羊儿出现了淫乱,山里的女人与城里的男人也关系暧昧。

一个开着大吉普的男人领着一帮男女,吆五喝六地开进村子的时候,四爷哭了,老泪挥洒,爹娘,祖宗,我有罪呀！我没管好我的子孙,是他们把盘石寨给卖了,这里再也没有我们自己的家了。不肖子孙们,你们不要太过火,要不,老天爷不会放过你们,神仙岭的神仙也不会放过你们的!

老板带着硕大的蛤蟆镜,把大吉普开到哪,那里便迅速长出一栋栋别墅和宾馆。高楼里不断制造出日夜不尽的馊水,状如小山的垃圾,还有女人的卫生巾和男人的安全套。

村里的男人和女人开始变得像城里人一样开放和疯狂,他们觉得,当个城里人真好,不仅有钱,有洋房汽车,吃香喝辣的,还可以去歌舞厅里找小姐,到宾馆按摩房里睡女人。四爷的孙子小柱子说,俺爷说得对着呢!先人是仙人,俺现在就是仙人,甚至活得比神仙还快活。

四爷死了,死时指指天指指地,然后又指指身后的山和身前的河,喉咙里咕隆两下,就咽气了。咽气了可他就是不闭眼,小柱的爹大柱抹了两下才抹上,骨灰没地儿葬,全撒河里了,柱子用自己的祖坟换了三十万块钱和一辆小汽车,他想过城里人过的那种日子,享受他爷老子死了都搞不懂的时光。

半山腰堆满了小红楼,就像青楼上挂满了无数的红灯笼,格外醒目晃眼,电线蜘蛛网般笼罩于山前。忽然有一天,电闪雷鸣,山上燃起了大火,半山腰的别墅里烧死了两个人,一男一女,赤裸着身子,抱得太紧无法分开。有些人开始怕了,镇长却胸有成竹地说,不用怕,我们会想个最好的办法,把火源彻底铲除,让来开发的老板兄弟们无后顾之忧。

于是青山变成了荒山,只有山顶上的寺庙还戴着顶绿帽子。暴雨下了三天三夜,山上的泥土石头连同别墅宾馆都不由自主滑了下来,把山沟里的小村庄埋了个结结实实。

小村庄被埋的当天下午,县长在电视上发表重要讲话,说占我们县旅游资源三分之一的神仙岭景区不幸被大雨冲坏了,这是我们县旅游资源甚至财政收入的一大损失,我很痛心,我相信大家的心情一定跟我一样难过。所幸的是,我们没有人员伤亡,两名外地游客受了惊吓,正在县医院接受全面身体检查。尽管出了问题,可是我们不气馁,我相信,经过大家的共同努力,会有几个甚至更多的神仙岭在开发在崛起,我们老百姓的日子一定会更加美好,更加红火,更加富有动力和生命力。

## 收　　到

社会进入了信息时代,办公自动化成了社会工作方式的代名词。

司法局的老局长退休,局里来了一位年轻的新局长,姓孙,据说还是计算机专业毕业。

办公室科员李丰,文秘专业出身,是局里写材料的一把好手,深受各位局领导喜欢。

孙局长到岗第二天,就决定在下午两点召开一个领导班子见面会,让办公室通知各位局副和中层。

因为情况紧急,办公室接到指示后马不停蹄,李丰依照惯例啪啪地给每位领导发去短信。发完短信没有一分钟,各位领导都陆续回复了信息,只有孙局和即将退休的工会许副主席没有回。

单位的人都知道,老许不会发短信,闺女教多少次没教会,也就没了耐心,有事无非就是多打个电话,也说不上太麻烦。李丰每次发完短信,也都是习惯性地再给老许打个电话告知一下。

李丰见孙局没回复,怕领导看不到,过了十几分钟又专门给孙局开了一个小灶。等了二十分钟,仍未见他回复。李丰怕通知不到领导怪罪,只好给领导打电话,可是电话那边无人接听。奇怪,这位领导刚才还在,就是出去了也得接电话或回个短信。

李丰觉得反正自己发过了两次,即使第一遍忽视了,第二遍肯定能看得到。

结果下午到了三点也未见孙局人影,人们都很纳闷,办公室李主任想亲自给孙局打电话,结果被第一局副王大炮给阻止了。别老是给领导打电话,孙局刚来,需要处理的事情很多,咱们再等等吧。结果又等半个多小时。王局副见孙局还没现身,就亲自给孙局打了个电话。孙局接通后,问,怎么了,有事,打了这么多电话?王大炮愣了愣,才说,不是说今天下午开会。

开会,开什么会?

就是昨天开会时,你提出的中层以上工作会议。孙局说,办公室没给我汇报呀!我现在在市局,等回去再说吧。

王局副没再说什么,头儿不在家,还开哪门子会呀?再说开这会还有一个重大议题,就是欢迎孙局上任,人都不在,欢迎谁呀!瞧这事弄的,裤裆里放屁——弄两叉股去了。

孙局回来后非常生气,把办公室李主任不分青红皂白训了一顿,这让李主任很受伤,心想,我他娘的这是招谁惹谁了,平白无故挨了一顿臭骂。他有气没地儿发,就劈头盖脸儿把李丰骂了一顿。李丰的文人臭脾气上来了,把摊子一撂,要求下基层。

后来，单位的人才知道，孙局在原基层单位干了十年二把手，同时也被一把手压迫了十年，好不容易到这里干一把手，想抖一抖威风，出一出积压在心头多年的恶气。他不管三七二十一，把李丰开到了基层的司法所。

孙局在这里干了仅仅一年，就在单位人员的仇视和淡漠里悄然离去，他为了自己能得到上级领导垂青升迁却不惜牺牲单位和群众利益，最后有人实名举报而被迫灰不溜秋离去，落得个鸡飞蛋打狼狈不堪，听说，孙局到了基层分局不久，就患上了抑郁症。

牛局长上任，他是位从分局调来的老局长，一头白发满脸慈祥，由于缺少写材料的，又将李丰调了回来，牛局长为节约资源和时间，废除了孙局长主持工作时的好多纸质文件和当面汇报制度，扩大信息自动化办公范畴，大大提高了干事效率和同志们工作的积极性。

李丰很认真地给各位领导群发微信：尊敬的各位局领导和单位负责人，接局党委通知，今天下午两点准时召开中层以上领导干部会议，请届时参加。

微信刚发完，噔地蹦出一个叫"耕牛"的领导回复：收到，谢谢，辛苦了。

李丰看着看着，眼前忽然变得一片模糊不清。

"收到"两个字看似简单，却体现着一种彼此尊重。

# 奶奶的储钱罐

爷爷活着的时候,奶奶从不存钱。

小时候的我常跟在爷爷屁股后跑,因为爷爷老是买好吃的给我,而奶奶,用娘的话说,极抠,不舍得给,还喜欢吃零食,爷爷总说她是个馋嘴的女人,所以奶奶从年轻就落下个孬名叫"馋嘴老常家"。为这个"名"字,回到娘家的奶奶不免遭到了她爹娘的训骂和兄弟嫂媳的奚落。奶奶脸上难堪,心里憋屈,可就是管不住自己这张嘴,好在奶奶能干活能吃苦,久而久之,常家庄的人也就见怪不怪,习以为常。

自从分了责任田以后,农户家家的日子都好过了,不缺鸡鱼肉蛋,不缺瓜果梨枣,奶奶依旧比其他女人爱吃,爷爷也不再提奶奶吃嘴的事。她仍然精打细算地过日子,从不舍得把家的存钱拿出来给别人花,就连儿子闺女借钱也都说没有。

没几年,她和爷爷俩人买了一台黑白的上海凯歌电视机,一群老头老太太有事没事就跑到她家里看电视。

爷爷的猝然去世,奶奶悲伤得不行,几天几夜不吃不喝不睡,两只眼睛直愣愣地望着遗像上爷爷那张胡子拉碴的脸,一边流泪一边呢喃,你这个死老头子,你说你趁着年前给人家加几个班,给我买好吃的,钱是挣下了,可你也累死了,撇下我一个人咋活,咋活呀!你个狠心的短命人,呜——呜——

从此六十五岁的奶奶完全变了个人,她不再赶集上店,反比以前更能干活,不分黑天白夜,她养鸡养鸭养鹅,喂猪喂羊甚至喂牛,直到她八十一岁去世。临终前,她把爹和二叔叫到跟前,让爹从她的柜子里抱出一个爷爷留下的黑陶瓷罐,让爹把罐子里的东西倒出来,那是十几年奶奶省吃俭用攒下的一万两千三百六十块钱。爹和二叔惊得当时就瞪大了眼睛,他们万万没想到,在那个家家户户还穷得叮当响的岁月,奶奶为了还爷爷一个愿,竟然十几年拼命劳作、勤俭节约,用她的后半生换来了我们的"致富人家"和衣食无忧。

奶奶望着这些钱对爹和二叔说,娘这些年没给过你们的孩子一分钱,您爹活着的时候常对我说,他老常家没出过一个有出息的人,他希望你们两个能上大学,成为公家人,可你们两个都没有。于是他就把希望寄托在了你们的儿子身上。他跟我说,咱得攒钱,孙子将来考上大学,咱要好好奖他们,给他们每人一千块钱。可你爹攒的钱都让我给买了吃的了,不瞒你俩说,娘在娘家当闺女的时候,从来就没吃饱过,一个瞎子给我算命,说我只能活到三十岁,自从跟了你爹,才吃了这么多好东西,多活了这么多年,你爹是我的恩人,我得感谢他,你爹交代的事儿我得完成,现在好了,你们两家的孩子都考上了大学,每人六千块钱,这也算我给你爹的一个交代吧。

# 柯楼山传奇

石鼓墩村远近闻名,知道它的人们都说,那可是一个有故事的地方。

石鼓墩村南面是万亩良田,北、东、西三面环靠青山,就像一个巨大的座椅把石鼓墩给圈了起来,再往山后就是邹东南最大的莫亭湖,那风水自不消得说。村后的琵琶山、石鼓山、柯楼山和劈石峪神奇的传说故事一堆一堆的,村里的老人们说,你让俺三天三夜都拉不完。

话说盘古开天三千年后,天下大旱,当时的石鼓山下住着十几户人家,眼看着种下的黍子、高粱全都枯死了,村里的人家也渴死了,张家德高望重的老族长鸿德先生心焦如焚,他子时还在自家院中点起柴火祈告上苍,求老天可怜芸芸众生,降甘霖拯民于涂炭,并咬破右手食指,在锦帛之上发下宏愿,若能为村人降下一场雨,老朽愿减寿一年。

这事儿让太上老君看了个正着,心想,都这时候了,除我还烧火炼丹,凡间人哪个比我还忙?于是,驾起祥云,一溜烟功夫就跑来了。这一看不要紧,见这老头儿为难民求雨,甘愿做出这么大牺牲,太上老君也就动了真感情。

鸿德老汉刚躺下睡着,忽然,一个手执长拂白发齐肩的老者飘然而至,站在十米开外,用隔空传音的方式告诉他,在东山顶最高处建一座龙王庙,庙前有一个巨大的圆石头,把它雕成柯楼的形状,在柯楼石的下面再建一个平台,做上一个大磨盘,大暑那天夜里子时一到,你安排村里男人抬着三牲在龙王庙叩拜祭天。再选漂亮未嫁女子七人,六七岁男童三人,然后如此如此这般,就会有大雨来临。大暑那晚子时一刻,切记!切记!

说完,咣当一声门响,便没了踪影。鸿德老汉一下从梦中醒来,回想刚才,惊出一身冷汗。第二天一早,他赶紧令族人集钱修庙建台,雕柯楼石。果见山顶下方有一圆形巨石,十人搂抱不得,于是依梦境雕琢。下方雕做一个石碾。准备停当,说着说着也就到了大暑的前一天,杀猪宰牛,香果备全。

大暑这天一早,石鼓村的男女老少就像赶集一样,来来往往向东山上搬运供祭之品。子时一刻,龙王庙前,香烛缭绕,供奉满案,鞭炮齐鸣,鼓乐喧天,灯笼火把,亮如白昼。只见七个年轻靓丽的女子身着绣装,每人手提一只水桶,三个伶俐的男童每人头顶一个簸箕,围着柯楼石前的碾盘左转三圈右转三圈,然后女子将水倒在男童头顶的簸箕上,一边倒一边唱:七个女子提水桶,三个男孩顶簸箕,等到碾盘都灌满,柯楼打水满地流。曲没唱完,听得龙王庙上空"咔嚓"一声巨雷,香烛全灭,只见庙前的柯楼石左右晃动了两下,接着大雨倾盆,从山上倾泻而至,下到寅时戛然而止天晴如初。

就这样,石鼓村年年风调雨顺、五谷丰登,村民欣喜不已,为了答谢上苍,他们把东山改名为柯楼山,每年这个时候还要连唱三天大戏。现在,柯楼石的前面还有一块巨大的平石,石鼓墩人称它"戏台石",就是当年唱戏的地方儿。周围的村子都很嫉妒和羡慕石鼓村,但谁也弄不明白这到底是怎么一回事。

鸿德老汉守口如瓶,他知道,天机不可泄露,直到他七十三岁去世,才向张家子孙说出这样一个传说:柯楼山山后面的劈石峪里住着一个青龙,他是东海龙王敖广的亲外甥,因犯天条被贬至此,让他在峪底趴着反省睡大觉。任谁叫也不能出来。因太白金星知道这事,也知道它不能腾云驾雾,就让鸿德找人在山顶做了一个石柯楼,在大暑那夜烧香祭拜,锣鼓鞭炮齐鸣,青龙被吵得睡不得觉,抬头一望,见村里人为自己建庙供祭,山腰的俏女人正往小孩的簸箕上倒水,簸箕中的水又冲在石碾上浪花四溅,觉得挺好玩挺高兴,青龙也知道,现在人间大旱,老百姓的供奉不能白吃,应该为他们做点事情。于是,青龙汲水石柯楼,然后用力一吹,柯楼摇晃,水倾泻而出,不多不少,不旱不涝,不偏不倚,家家浇到。

可有时也有怪事发生,村里人到现在还津津乐道着这样一件事,说民国时期,村里集钱求雨,有一家富户说什么不拿钱,结果大雨过后,人们发现,他家的地头上连湿都没湿。这事儿被石鼓村的人传得神乎,都觉得是天大的奇事儿。

## 官庄的"大官"儿

一说起"官庄"这名儿,人们自然而然就会说,那个庄上肯定出了当官的,此话一点儿不假,香城的"官庄"不仅出了当官的,而且是个"大官"儿。

官庄村里有两个大姓氏,那就是王姓和程姓,且王姓较多,接近三分之二,程姓约占三分之一,故事就从根深基厚的王家说起。

话说洪武年初,"要饭和尚"朱元璋好不容易打下这锦绣江山,为保朱家龙椅永坐统治稳固,他大兴农耕,将大量山西之民浩浩荡荡迁往人烟稀少的山东、河南、河北等地。山东邹城香城王氏,就是在此时迁入,族谱分支记载:山西太原王氏,出于姬姓。王氏宗族严秉祖训,勤俭持家;其祖训曰:三槐世第,及至于今,英才辈出,卓尔不群,孝悌为本,惟耕惟读,恩泽子孙,不奢不侈,颗粒成廪,婚丧从俭,持家以勤。积德行善,不惟俗伦,自强自立,处事以忍,广结贤良,不谋非分。正是有了这些谆谆道义的祖训,明中期万历年间,王家出现了一位"大官",官庄人历经四百多年,已经查不清他的具体姓名,只相传他是三甲进士,殿试朝考,万历皇帝亲点做了一个省的巡按,也就是主管判案典狱的大官,掌管着全省人的生杀大权。所以这村子就改名为了"大官庄",官庄人口口相传,妇孺皆知,却因官大避讳较多,没有人敢直呼其名,久而久之,他的真实名字就被遗忘,村里人都称谓其"四品皇堂"。清中后期,官庄又出了一名大官,是个武将,叫王景楠,人长得高大虎威仪表堂堂,目光如炬声若撞钟。据官庄的老人说,东山上原来有一座庙宇,一帮武僧曾在那里修行,王景楠十二岁就跟着他们习武,练就了一身的好武艺。他十五岁背着家人当了兵丁,因为武艺超群,二十岁就成了亲王僧格林沁的驾前先锋,深得亲王器重,被授予"护军参领武都将军",据说,王景楠跟从僧格林沁前往冯官屯攻打太平军的时候,恰巧在济宁州城里与本家族兄王景升相遇,王景升苦读诗书,博学多才,秀才出身,可命运多舛,后屡试不中,被济宁玉堂酱孙家聘了私塾先生,教孙家子嗣四书五经。当时征讨队伍浩浩荡荡,旗牌官鸣锣开道,马步三军旌旗猎猎,步履矫健,甚是威武。王景楠骑着高头大马威风凛凛走在最前面。王景升也站在街头看热闹,可王景楠看见王景升后,却翻身下马,躬抱虎拳,称声:大哥好。然后上马徐行,后边士兵纷纷下马,俯首施礼,尔后列队继续前进。这让城里驻足而观者为之所慕。此后,凡认识王景升者都对其敬重有加,济宁州府也视王景升为上宾。孙家见王先生有如此深厚背景渊源,也不敢再让他教塾堂,封纹银百两,送其回故里,王景升不受。孙家只好说,我们在小莫亭村东有五十亩薄地,原为孙家老林,那里有佃户十几家,就赠予先生,收入全凭先生做主,坟冢望照看一二即可。王景升只好接受,谢辞而归。为了承谢王景楠,大官庄人又将村子更名为"官庄"儿。